AF351414

Jeanne Sélène

LA ROUTE DES CHIFFONNIERS

http://jeanneselene.blogspot.fr
jeanne.selene@outlook.fr
Couverture : Shealynn Royan
Jeanne Sélène, Saint-Brice, France
Texte protégé, première publication en 2016
ISBN : 979-10-96202-30-0

LA ROUTE DES CHIFFONNIERS

Jeanne Sélène

« Burn out ».

J'entends d'ici les moqueries...

Burn out...

Je secoue la tête d'un air las.

Avec mes dix-huit heures de cours par semaine et mes deux mois de vacances estivales, je ne vais pas échapper aux sourires narquois de mes amis.

Je hais le collège. Déjà, pendant mon enfance, j'ai cru y mourir chaque jour de la semaine. Je me demande vraiment ce qui m'a pris de devenir prof. Les ados me gonflent. Le bruit des chaises sur le carrelage m'insupporte. L'odeur du Velleda me fiche la nausée... Je ne veux plus y retourner. Mon cœur se serre d'angoisse à l'idée d'affronter les 3ᵉ C. Rester stoïque face aux pitreries de Kévin... Kévin, quoi ! On se croirait dans un article du *Gorafi*. Passé l'an 2000, il y avait encore des parents pour choisir ce prénom et faire en sorte que leur gamin réponde parfaitement aux clichés du genre. C'est assez fascinant au bout du compte.

Bon, au moins, avec cet arrêt de travail, je vais éviter Anatole-France pendant quelque temps. Et récolter un max de réflexions à propos des fonctionnaires, certes. C'est mon premier arrêt en plus de quinze ans de carrière, mais les préjugés ont la vie dure.

Non, vraiment, il faut que je trouve un moyen d'éviter les copains ce week-end sinon je vais les envoyer aux pelotes. Je me sens prête à mordre. De toute façon, je n'ai pas envie d'aller au tennis de table ce soir, trop la flemme. Je vais commander une pizza et me prendre une romance à la con en streaming. Ça fait longtemps que je n'ai pas vu *La Cité des Anges*. Un petit Nicolas Cage de trente ans d'âge, ça ne peut pas faire de mal vu la situation.

Fichue fête des Mères à la noix ! Il fait un temps superbe et je vais me retrouver à passer la moitié de la journée à table au lieu de profiter des bords de Loire.

Je sors la voiture de la résidence et m'enfile rue Voltaire. Et cet abruti de piéton qui traverse sans regarder ! J'écrase le frein en même temps que le klaxon. Plus loin, le feu est rouge. Je tapote le volant avec nervosité. Depuis le départ de mon paternel, ma mère a un peu déconnecté et j'appréhende le repas. Elle va encore m'inonder de son discours bobo-écolo et je vais me taper son quinoa à la flotte. Il faudra qu'elle apprenne à cuisiner un jour. J'aurais peut-être dû lui prendre des cours ? Je jette un œil au kumquat dans son emballage plastique. Le bolduc rose frémit à chaque changement de vitesse. Je n'ai jamais été douée pour choisir mes cadeaux. Les quais sont presque déserts, ma petite citadine enfile les kilomètres en un souffle. Alors que je traverse le fleuve via la D142, un train me dépasse sur le pont à ma droite. Je me surprends à rêver d'évasion. Moi qui ai toujours détesté les voyages. Les vacances en camping pendant mon enfance se sont toujours révélées désastreuses. Depuis, j'ai pris une fois l'avion pour un week-end à Rome avec mon amoureux de l'époque. Nous avions passé les deux jours à nous tirer dans les pattes. Un lamentable échec... Les échecs, moi, je les collectionne.

Quand je passe le panneau de Vernou, la luminosité baisse brusquement. Je frissonne, mauvais présage, à tous les coups. Je sens la journée bien pourrie qui se profile. Je jette un œil à l'horloge de ma voiture. Il n'est pas encore midi, je suis en avance. J'enclenche impulsivement le clignotant et m'engage dans la rue Aristide-Briand. La grille de l'hôtel est fermée. C'est rare. Dans le parc, un jeune homme en tenue moulante court le long du sentier. Il porte un casque audio encombrant et coloré mais sans fil. Quand je pense à mon vieux Walkman cassette, et combien j'étais fière à l'époque que les écouteurs soient presque invisibles une fois logés au creux de mes oreilles ! Le bourdonnement incessant dans mon tympan droit me rappelle les années quatre-vingt-dix pendant lesquelles j'écoutais Nirvana à fond tout en écrivant à ma meilleure amie des lettres interminables. C'était pas l'idée du siècle, bonjour les acouphènes, c'est à en devenir folle !

Un peu plus haut, j'arrête la voiture comme si un stop était dessiné au sol. À la croisée des routes, le château d'eau se dresse au sommet de quelques marches, perdu au milieu des hectares de vignes. Je lâche un soupir et ferme les yeux. J'ai envie d'aller marcher dans les bois du Val César, mais l'heure tourne. Je ne peux pas passer devant cet endroit sans penser à mon premier joint. Le frère aîné de Marie-Laure dealait un peu et elle avait réussi à subtiliser un morceau de résine. La drogue n'avait absolument pas fonctionné – il faut dire l'art du roulage de pet', on ne le connaissait pas – mais qu'est-ce qu'on avait ri ! Fichu cancer de merde. Chimio, ablation, cercueil, crémation. La voilà, la vie, maintenant. Vingt-cinq ans, un mec trop con pour s'apercevoir de sa chance, une gamine en bas âge. Elle s'en fout la faucheuse, quand ton nom est sur la liste, t'as rien à dire.

J'ai envie d'une clope maintenant, moi qui ne fume plus depuis vingt ans. Ça m'arrive de temps en temps encore. Surtout quand je pense à Marie-Laure...

Je laisse le bois derrière moi et ma voiture enjambe la voie de chemin de fer, juste après le tunnel de Vouvray. La bouche noire entravée de fils électriques en tous genres semble prête à m'avaler. Je reporte mon attention sur ma conduite et rejoins la route de Château-Renault. Direction le Bois Soulage ! Il a jamais soulagé grand monde, celui-là... Le chemin qui mène à la maison est encore humide. L'orage a été violent hier soir. On a peine à le croire avec le soleil qui illumine ce dimanche.

Je serre le frein à main et prends une grande inspiration avant de descendre de voiture. Je colle sur mon visage fatigué un sourire de circonstance, attrape la bandoulière de mon sac à main et saisit l'arbuste. Un fruit se détache et roule sous le siège passager. De toute façon, il n'est même pas de saison, les fleuristes industriels sont des magiciens – ou des sorciers peut-être ? Je claque la portière d'un coup de hanche et verrouille en tâtonnant parmi les clés de mon trousseau.

Ma mère m'a entendue. Elle arrive en trottinant pour m'ouvrir le portail. Elle porte des sabots en plastique blanc comme ceux des infirmiers hospitaliers. C'est moche, ces trucs. Je suis sûre que ça couine quand on marche sur du carrelage ou du lino.

Elle me tend une joue sur laquelle je dépose un baiser rapide. La peau de son visage s'est détendue avec l'âge, mais elle a peu de rides. Elle est encore belle, très belle. Ses yeux pétillent quand elle se tourne vers Claude, son nouveau compagnon. Il est de grande taille et ses épaules larges lui donnent un air de videur. Son regard d'un bleu perçant semble bienveillant, c'est presque excessif. Il est louche, ce type, trop parfait pour être vrai.

Après m'avoir embrassée, il me débarrasse de la

plante avec un commentaire plein de gentillesse. Ça dégouline de guimauve et je réprime une grimace.

À l'intérieur, l'ordre règne. On se croirait dans une maison expo. Ça sent le papier d'Arménie. Sur la table basse du salon trônent trois coupelles : la première remplie d'olives vertes, la deuxième de pistaches et la dernière de cacahuètes en coque. Je m'installe sur le canapé d'angle et le chat arrive aussitôt pour coller ses poils sur ma robe. Il n'en rate pas une, celui-là ! Je le grattouille entre les oreilles et il se met à ronronner tout en pétrissant mes cuisses avec enthousiasme. Je l'aime bien, ce chenapan, malgré sa longue fourrure et ses griffes pointues.

Ma mère et Claude n'arrêtent pas de parler. Je les écoute d'une oreille distraite et pioche une poignée de pistaches. Ils ont oublié de prévoir un bol pour les déchets et je n'ose pas déranger le matou maintenant roulé en boule sur mes genoux. Le mojito qu'ils m'ont servi est trop sucré, mais la menthe fraîche me semble délicieuse. Le discours de mes hôtes me parvient comme à travers un brouillard. Une multitude de souvenirs d'enfance m'assaillent. J'ai l'impression de me retrouver dans la chanson de Bénabar. Mes gentils fantômes me hantent. Je pense à mon père. Quel con ! Après avoir joué le patriarche indispensable, mais absent, pendant toute sa vie active, il s'est barré dès son premier mois de retraite avec une jeunette de cinq ans ma cadette. Lui qui détestait les séjours en bord de mer a acheté un bateau pour faire le tour du monde avec sa nouvelle conquête. Et qui s'est tapé ma mère en pleine dépression après...? Quel enfer, cette période. Je suis contente qu'elle soit passée et vive Meetic! Sans blague, heureusement que Claude a pris le relais avec sa drague virtuelle. Je préfère encore subir la crise d'ado retardée plutôt que la mélancolie morbide.

Mon beau-père se lève et pose une main tendre sur l'épaule de ma mère.

— Profitez d'être entre femmes, lance-t-il, je m'occupe du repas.

Nous demeurons un moment silencieuses. Une légère gêne s'est glissée entre nous. Elle reste de courte durée, ma mère a déjà trouvé un nouveau sujet de conversation et il me suffit d'un mot ou d'un hochement de tête pour entretenir l'échange.

Nous passons rapidement à table. Claude a préparé un dhal. Il aime la cuisine étrangère et se débrouille bien. Mes papilles se délectent et je remercie ma bonne étoile d'avoir évité les plats insipides de ma mère.

Le dessert arrive : crumble d'avoine aux fruits rouges. C'est réussi. Ma mère se lève et revient avec le café ainsi qu'un paquet emballé dans un kraft rose.

— Bon anniversaire, ma chérie.

Elle le sait pourtant, que je ne voulais pas fêter mes quarante ans. Je lui lance un regard lourd de reproches.

— Allez, ne fais pas ta rabat-joie, me réprimande-t-elle, ouvre !

Je m'exécute. Le papier contient une clé très ouvragée. Sa tête est faite d'arabesques et les pannetons ressemblent à des partitions d'orgue de Barbarie. Je n'avais encore jamais vu un modèle de ce type. Je lève un œil interrogateur.

— C'est la clé du bonheur, fait ma mère avec un clin d'œil énigmatique.

Claude sort alors une enveloppe à soufflet et me la tend. Piquée de curiosité, je m'en saisis.

À l'intérieur, je découvre la photo d'un âne ainsi que plusieurs cartes IGN plastifiées. Il y a également une liste de matériels, écrite à la main de l'écriture élégante de mon beau-père :

« Matériel fourni :

- compagnon de route,
- bât,
- tente de bivouac,
- matelas autogonflant,
- sac de couchage ultraléger,
- réchaud gaz,

- kit « popote »,
- gourde,
- lampe rechargeable,
- serviette microfibre.

À prévoir :

- chaussures de marche,
- vêtements souples à séchage rapide,
- manteau de pluie,
- chapeau ou casquette,
- lunettes de soleil,
- nécessaire de toilette. »

Je lève un regard dubitatif vers Claude puis vers ma mère. Elle arbore un visage imprégné d'excitation. Je lâche un « euh » interrogatif. Mon cerveau semble en plein bug, il va falloir redémarrer le système...

Au lieu de passer l'après-midi affalée devant la télé à regarder des émissions débiles ou le défilé du D-Day, me voilà au magasin de sport.

En dehors du tennis de table, je hais le sport ! Faire prom-prom sur les quais, OK, mais au-delà... Tu parles d'un cadeau empoisonné. Rencontrer mon bonheur, tout à fait ! Elle a encore fumé, ma mère. Je lâche un soupir qui fait se retourner un papi en jogging. Une onde d'agressivité m'envahit. J'ai envie de lui tirer la langue, mais c'est puéril. Alors je prends un cachet d'alprazolam et je poursuis sous les néons blafards.

L'anxiolytique remplit ma bouche d'une forte amertume. Je le laisse fondre sous la langue et ressens aussitôt l'apaisement. Moi qui refusais tout traitement, me voici aujourd'hui accro. Je me sens pitoyable.

Rayon randonnée, je cherche un vendeur pour me conseiller. Un jeune homme tout juste sorti de l'adolescence m'accueille avec un large sourire commercial. Je dois sentir le pigeon à plein nez et il se réjouit probablement à l'idée de me déplumer. J'ai décidé de lui faire plaisir, sa coupe de cheveux à la Justin Bieber m'arrache un rire intérieur alors je lui dois bien ça.

Dis donc, ils ne sont pas donnés, leurs vêtements high-tech ! C'est peut-être le top, mais mon porte-monnaie va faire la tronche. Je suis parée des pieds à la tête : chaussettes anti-échauffement ; chaussures à semelles crantées ; pantalons à séchage ultrarapide ; t-shirts respirants ; polaires à capuche ; poncho imperméable et chapeau déperlant. Pour la nuit, je prévois également un long caleçon noir, un maillot de corps ainsi qu'un sweat léger mais chaud.

J'ai déjà mal aux jambes d'être restée si longtemps debout à piétiner entre les chalands. Ça va être horrible !

Me voilà officiellement en vacances et non plus en arrêt de travail. Du coup, j'ai la chanson de *La reine des neiges* dans la tête... Vacherie !

Claude doit passer me prendre dans une heure. Mes sacs sont déjà prêts et patientent à côté de la porte d'entrée. Je vais profiter de mon avance pour me préparer un thé. Je traverse en quatre enjambées mon salon et pénètre dans la cuisine. Trois mètres carrés, ça vous oblige à mettre en place une organisation rigoureuse. J'ai toujours été très ordonnée, mais dernièrement je n'ai courage à rien. Je suis épuisée avant même de commencer la moindre chose. Je repère une cocotte sale restée sur la gazinière. Allez, courage, pendant que la bouilloire bosse, je vais m'y attaquer.

Je n'arrive pas à me concentrer en ce moment. J'entame tout et ne finis jamais rien. Je m'agace moi-même.

J'entends l'eau entrer en ébullition et pose la gamelle sur l'égouttoir. Elle va pouvoir sécher tranquillement d'ici mon retour. Je ne vais pas perdre mon temps à user du torchon.

Je récupère une tasse sur la paillasse, jette le sachet usagé et sec resté collé contre la paroi puis en sors un neuf. « Énergie et vitalité » ! Si seulement...

Une odeur agréable se dégage de la tasse lorsque j'y verse le liquide fumant. Le sachet diffuse une couleur rosée. J'ai envie de pleurer et je ne sais même pas pourquoi.

Avant de m'affaler sur le canapé, j'appuie sur le bouton lecture de ma vieille chaîne hi-fi. Un CD se met en route. Je reconnais aussitôt les premières notes : 2Cellos, un duo de violoncellistes dont j'aime beaucoup les reprises. Tandis que le son s'élève dans mon modeste appartement, je m'enfonce dans le clic-clac en soufflant sur mon infusion.

Le temps semble suspendre son cours, je suis comme hypnotisée par les dessins qui vont et viennent à la surface de ma tisane. Quand la sonnette de l'interphone retentit, je me rends compte que la musique a cessé et que mon eau est froide. Je dépose ma tasse sur la table basse et vais déclencher l'ouverture de la porte de l'immeuble.

Lorsque Claude arrive, sa respiration ne laisse en rien deviner qu'il vient de gravir les quatre étages à pied. Toujours marathonien malgré ses presque soixante-dix ans, ça aide. À première vue, il aurait plutôt une carrure de rugbyman et je crois qu'il a un peu touché à tous les sports. Il était cavalier professionnel dans sa jeunesse, puis coach. Pas mauvais dans son domaine, il paraît. C'est chez sa fille qu'il m'emmène aujourd'hui.

Elle tient une ferme pédagogique dans un coin paumé de Normandie.

Je lui propose un café qu'il accepte volontiers. Pendant qu'il sirote son breuvage, j'avale d'un trait ma tisane à température ambiante. S'ensuivent un tour aux toilettes et un pschitt de parfum par habitude, puis j'enfile mes toutes nouvelles chaussures de randonnée.

J'appréhende vraiment les jours à venir. Je n'aurais jamais dû accepter ce cadeau.

Claude me propose de porter mon sac, mais je décline. J'aime me sentir un minimum capable. Surtout en ce moment...

Sa voiture, une grosse routière munie d'un crochet d'attelage, est garée juste en bas de mon immeuble. Quand il ouvre le coffre, j'y repère un licol ainsi qu'une paire de bottes en caoutchouc. Pour un peu, ça sentirait la paille et le poney !

Le siège où je m'assois est légèrement défoncé. Elle ne doit pas être toute jeune, cette berline. D'ailleurs, l'autoradio n'a qu'un lecteur cassettes.

— Tu veux écouter une station en particulier ?

Je hausse les épaules et le laisse choisir. Il sélectionne FIP, j'aurais dû m'y attendre. C'est presque cliché ! Un air de jazz emplit l'habitacle et nous quittons doucement mon univers tourangeau.

Mon beau-père a choisi de prendre la nationale plutôt que l'autoroute. Il préfère cet itinéraire bien qu'il soit légèrement plus long en temps. J'avais peur que nous ne sachions quoi nous dire pendant ce trajet, mais il a un don pour maintenir la conversation. Nous arrivons au Lude puis à La Flèche en un souffle. Il s'arrête le temps d'uriner contre un talus. Pas si parfait que ça tout de même, il fait partie de ces hommes qui ont trop fréquemment besoin d'une pause de ce genre. Cela me rassure presque de lui trouver une faille, si minime soit-elle.

Laval, Mayenne... le paysage se modifie sensiblement, des teintes plus vertes, une lumière moins franche malgré le temps clément. Je ne saurais l'expliquer, mais je sens le changement. Lorsque nous arrivons à Domfront, je suis intriguée par la présence de ruines d'apparence médiévale. La petite ville située sur un éperon rocheux domine un bocage normand ensoleillé. Je dois admettre que c'est plutôt joli. Je me demande si mon chemin passera par ce lieu. Je faisais un tel blocage sur mon voyage que je n'ai pas regardé une seule fois les cartes. Je me rends compte que je ne sais même pas où je vais. Je me sens presque stupide, d'un seul coup...

La route serpente et plonge vers un cours d'eau. Le panneau sur la rambarde verte annonce « La Varenne ». Inconnue au bataillon ! Une église romane se dresse à notre gauche, toute de rondeurs et de granite dur. Cela change du tuffeau tendre et blanc de ma région.

— Je vais passer par le centre de Lonlay-L'Abbaye, c'est un joli village, ce serait dommage de le manquer, indique Claude tout en bifurquant vers la droite à deux reprises.

La route sinueuse est bordée par des sapins d'un vert profond. Un ru brillant court dans le fossé. Il faut avouer que c'est mignon. Puis, quelques habitations apparaissent, ainsi qu'un édifice religieux. Malgré les lampadaires stylisés, la ville me semble terne et je ne partage pas l'enthousiasme de mon beau-père. Heureusement, une rivière vient égayer l'endroit. Un peu plus loin, à proximité de l'abbaye, j'aperçois un vaste bâtiment. C'est un pressoir, m'informe Claude. J'avoue, c'est beau, mais je reste sceptique, sans émotion.

Nous poursuivons entre bois et campagne bocagère. C'est plus vallonné que ce à quoi je m'attendais.

Enfin, nous arrivons en vue de Sourdeval. Malgré les arbres et les parterres, tout me semble gris. Voilà un endroit où je n'aimerais pas résider !

À la sortie de cette commune, nous croisons une large piste interdite aux véhicules motorisés.

— C'est la voie verte, une ancienne ligne de chemin de fer. Tu l'emprunteras pendant quelques kilomètres pour rejoindre ton tracé.

Je hoche la tête avec appréhension. Comme si une terrible épreuve m'attendait bientôt. C'est ridicule, presque risible.

La voiture quitte la route carrossable et s'engage dans un chemin tout juste encaissé de grosses pierres. Les talus sont parsemés de myosotis en fin de floraison. Derrière un dernier virage sec, une maisonnette typique de la région, à colombages et ceinture de pierres, se dévoile. Claude se gare à côté d'un puits surmonté d'une armature en fer forgé. Un paon se pavane non loin, sur une pelouse dense piquetée de pâquerettes. Mon beau-père coupe le moteur.

— Méfie-toi du dindon plus que des chiens, s'il est de sortie, me prévient-il. Ça ne paraît pas, mais c'est un gardien autrement plus efficace que les beaucerons ou le berger australien.

À peine descendue de voiture, un chien tricolore arrive en jappant et en sautillant, bientôt suivi de deux molosses sombres. Je lève les mains avec crainte quand une voix féminine lance un appel et ils battent aussitôt en retraite.

— Bonjour, mon petit papa !

La femme s'avance en tendant les bras et enlace Claude. Elle n'est vraiment pas grande, et plus jeune que moi. Pas plus de trente ans. Je m'aperçois que je n'ai jamais pensé à demander son âge.

— Dracula n'est pas dehors ? demande mon beau-père avec un regard inquiet autour de lui.

Sa fille pouffe en rejetant en arrière ses longs cheveux blonds.

— Je l'ai mis au poulailler en prévision de votre arrivée.

Claude semble rassuré. Ils parlent probablement du dindon. Je ne savais pas ces animaux si effrayants. Il doit en rajouter un peu. Il aime se mettre en scène.

Noémie vient m'embrasser. Elle pose une main sur mon épaule tout en me faisant la bise. Je déteste ce geste. Je ne suis pas tactile et cela me donne l'impression qu'elle pénètre dans ma bulle personnelle. Je serre légèrement les dents. En prenant mon sac dans la berline quelques instants plus tard, j'attrape discrètement un comprimé d'anxiolytique et le glisse sous ma langue. Son goût amer me détend aussitôt.

Claude a saisi nos bagages et se dirige vers la maison. Près de la porte, une odeur douce et agréable assaille mes narines. J'identifie rapidement quelques giroflées aux fleurs jaunes panachées de brun.

Contre le pignon gauche, j'aperçois un poney minuscule dont les yeux sont cachés par un épais toupet marron. À côté de lui, un cochon noir fouille le sol avec un grognement de contentement, entouré par une nuée de poussins. Un chat observe la scène depuis le sommet d'un piquet de bois. Un peu plus loin dans le pré, je distingue deux ânes, un cheval, trois alpagas... Et tout ce petit monde semble cohabiter sans souci. J'ai rarement vu autant d'animaux différents en un même lieu. Même le Jardin botanique de Tours ne me paraît pas si fourni.

À l'intérieur de la maison, la décoration moderne contraste avec les pierres apparentes et le bois ancien. Un lapin surgit de sous une commode noire et me fait sursauter.

— Je te présente Noctambule !

Noémie a saisi l'animal et me le tend. Maladroitement, je le prends sous le ventre. Ses membres pendouillent lamentablement de chaque côté, pourtant il ne se défend pas. Il semble même apprécier. Quelle drôle de bête. Je me sens gourde comme lorsque l'on place un bébé entre mes mains. Claude perçoit probablement mon malaise, car il me débarrasse de Noctambule sous prétexte de vouloir le papouiller.

— Il faut se méfier, ajoute-t-il à mon intention, il est toujours entre nos pattes à réclamer des câlins. J'ai manqué la chute à plus d'une reprise.

Je hoche la tête d'un air entendu puis Noémie me guide vers une chambre meublée avec goût. J'aperçois derrière un rideau à demi ouvert une douche à l'italienne ainsi qu'un w.-c. et un lavabo. La ferme pédagogique propose aussi des chambres d'hôte et l'une a été réservée pour moi.

Je dépose mes sacs sur le lit double.

— Tu préfères un café ou nous passons directement à l'apéro ? demande la jeune femme.

***

Le déjeuner achevé, Noémie m'entraîne à l'extérieur. Nous sommes aussitôt accueillis par les chiens.

— Ils sont impressionnants, mais pas agressifs pour un sou, me rassure-t-elle.

À l'opposé du champ, un ancien four à pain a été restauré. Nous allons y chercher un licol et une longe.

— Tu vas voir, Univers est une crème. Il est un peu mou, mais tellement facile à manipuler. Parfait pour une personne débutante comme toi.

Le harnachement est constitué d'un matériau synthétique d'apparence confortable. De couleur bleue, il ne risque pas de passer inaperçu ! Nous pénétrons dans le pré et plusieurs animaux viennent nous renifler. Je ne me sens pas du tout à l'aise, mais Noémie ne semble pas le voir, elle poursuit sa marche. La pâture descend en pente douce jusqu'à un ru étroit. Nous le traversons en empruntant un pont fait de traverses de chemin de fer.

— Il est probablement caché derrière le bosquet, c'est sa zone préférée, à l'abri des autres. Ce n'est pas un sociable.

Se retient-elle d'ajouter « comme toi ? ». Elle n'aurait sûrement pas tort...

En effet, derrière une touffe de noisetiers rouges, un petit âne somnole au soleil, les yeux fermés et le bout du nez posé sur le sol. Ses pattes sont repliées contre son ventre gris-blanc.

— C'est un champion de la sieste. Il faudra que tu le laisses se reposer deux fois par jour minimum si tu veux t'en faire un copain.

La jeune femme s'approche de lui en parlant pour ne pas le surprendre. Elle utilise une voix douce comme si elle s'adressait à un enfant.

L'animal ouvre les paupières puis se met à bâiller. Sa mâchoire inférieure part sur le côté tandis que sa langue se tend de l'autre. Je ne peux m'empêcher de rire devant cette image peu flatteuse.

Il me lance un regard outré puis se lève en s'ébrouant. Peut-il vraiment comprendre ma moquerie ?!

Noémie me montre de quelle manière l'approcher puis comment passer le licol. L'âne reste sage, mais il semble me jauger, il me met mal à l'aise.

Nous le menons jusqu'à la barrière à pas lents. Lorsque nous passons devant le shetland, il couche les oreilles d'un air agressif et montre les dents, comme un chien.

— Comme je te le disais, Univers est un solitaire. Les expéditions comme la tienne et les flâneries, c'est ce qu'il préfère. Avec les enfants, il est très fiable aussi. Il m'aide beaucoup, surtout lorsque nous accueillons des personnes souffrant d'autisme. C'est comme s'il percevait tout des gens avec troubles de la communication. Il est bien plus fort que les humains pour ces échanges-là...

Franchir le portail ne se fait pas sans mal : plusieurs animaux souhaiteraient sortir avec nous.

— Pas de balade pour vous aujourd'hui, leur lance Noémie en les repoussant.

Nous installons l'âne à un anneau scellé dans le mur du four à pain. Après plusieurs essais infructueux, je parviens à réaliser un nœud correct. La jeune femme reste très calme malgré ma gaucherie. Je ne saurais l'expliquer, mais toute cette patience m'agace.

Elle me montre ensuite comment nettoyer l'animal tout en m'informant de sa morphologie : les zones plus sensibles qui seront à surveiller, les endroits sur lesquels insister lors du pansage...

Univers ne toise guère plus d'un mètre dix au garrot. Il paraît que c'est peu pour un âne du Cotentin, mais ça me paraît suffisamment impressionnant. Lorsque je m'inquiète d'une éventuelle rencontre avec une femelle, elle me rassure : Univers est castré, pas de souci à se faire de ce côté-là.

Pendant tout ce temps, Claude, qui nous a rejointes, reste silencieux, légèrement en retrait.

Vient ensuite le moment de sortir le bât et le tapis.

— Pour Univers, nous utilisons un bât à croisillon avec des paniers en toile renforcée. C'est ce qui lui convient le mieux. Le plus difficile dans l'installation, c'est de bien équilibrer les sacoches et de réaliser le nœud d'arrimage. Mais comme tu resteras au pas, il n'y a pas trop de risque concernant le nœud. Même s'il est maladroit, tes bagages resteront bien en place.

« D'abord le tapis, en prenant bien garde à dégager les zones sensibles dont je te parlais tout à l'heure.

« Ensuite, tu poses le bât et tu vérifies les zones d'appui.

« Tu fixes les deux sangles. Celle-ci ne doit jamais être trop serrée.

« La bricole est devant, légèrement au-dessus de la pointe des épaules. Elle ne doit pas empêcher l'âne de baisser la tête pour manger ou boire.

« L'avaloire, c'est derrière, elle ne doit être ni trop basse ni trop haute. On dégage bien la queue. Tu peux prendre comme repère cet épi qu'Univers a sur la fesse gauche pour la hauteur.

« Une fois tout ceci installé, tu pourras t'occuper de toi. Cela permet au dos de l'âne de se réveiller un peu avant d'être chargé.

« Voici tes paniers. Comme tu peux le voir, ils sont rigidifiés par des tubes et il y a des fixations toutes prêtes. Cela les rendra plus faciles à placer. Je les ai remplis de foin pour que tu puisses tester au mieux. Lorsque c'est vide, cela ne fait pas du tout le même effet. À deux, c'est plus évident car on pose chacun un côté en même temps... Voilà !

« Ensuite, la tente va se mettre au-dessus. Tu la fixes comme ceci.

« Et puis la bâche. Si le ciel est totalement dégagé, ne t'embête pas avec elle, mais s'il y a quelques nuages, il vaut mieux perdre un peu de temps en la plaçant dès le matin avant que tout ne soit trempé... Une belle pluie, c'est vite arrivé en

Normandie !

« Et le meilleur pour la fin : le nœud d'arrimage. Le but, c'est que la charge ne se soulève pas et ne batte pas les flancs de l'équidé. Il faut que ça maintienne sans serrer. C'est un juste dosage.

En deux temps trois mouvements, Noémie a réalisé la fixation. Je ne serai jamais capable de faire ça ! J'ai déjà eu du mal à attacher l'âne à son anneau... Mais qu'est-ce que je suis venue faire dans cette galère !

***

Il m'aura fallu plus de deux heures d'entraînement pour acquérir les compétences de base en bâtage. Je me sens nullissime. Malgré les protestations de Noémie, je suis persuadée que les mômes qu'elle reçoit habituellement font mieux.

Nous sommes maintenant réunis dans la cuisine autour d'un chocolat chaud.

La jeune femme est penchée sur des cartes IGN et désigne des marques de couleur rose.

— J'ai noté avec ce crayon les lieux où tu pouvais planter ta tente. Soit ce sont des zones qui autorisent le bivouac (entre le coucher et le lever du soleil), soit ce sont des amis ou connaissances qui m'ont donné l'autorisation d'utiliser un bout de leur propriété. Tu en as plus qu'il ne t'en faudra. C'est l'avantage quand on fait partie de plusieurs associations, on connaît du monde ! S'il y a ce logo, c'est que tu peux demander à prendre une douche. Les noms des accueillants sont écrits au dos des cartes ainsi que leurs numéros de téléphone portable. Je te laisserai mon vieil incassable, ça peut servir.

Elle ponctue ses paroles par un clin d'œil qui se veut complice. J'ai l'impression de regarder la scène depuis l'extérieur. Comme si je n'étais pas vraiment présente. Insensible à mon état, elle poursuit :

— Je te conseille de faire une quinzaine de kilomètres chaque jour. Ça paraît peu, mais pour une première expérience, c'est déjà très bien. En comptant la préparation, les siestes d'Univers, ses séances de brouting et tes repas, tu verras que la journée passera déjà bien vite. Et puis on croise toujours des curieux qui ont envie de discuter. Ça fait partie de l'aventure !

Je grimace à l'idée de me taper la causette avec des inconnus. Il ne manquait plus que ça !

— En rouge, je t'ai noté tous les commerces utiles : supérettes, boulangeries, snacks et quelques maraîchers également. Il vaut mieux voyager léger et se ravitailler régulièrement. C'est plus agréable pour tout le monde.

Elle marque une pause le temps de boire une

gorgée de chocolat. La buée envahit les lunettes qu'elle a chaussées peu avant. Silencieuse, je souffle dans ma tasse. Quinze kilomètres, il ne doit pas falloir plus de quatre heures pour les parcourir. Ça ne me semble plus si insurmontable, tout à coup. Imaginons dix heures de sommeil, avec mes médocs, c'est une bonne moyenne... Ça laisse dix autres heures à tuer chaque jour. Je vais m'ennuyer à mourir, ce n'est pas possible ! J'espère qu'il restera de la place pour glisser un livre ou deux sur le dos du bourricot ou dans mon sac.

Mon esprit continue à divaguer pendant quelque temps encore et quand il réintègre enfin l'instant présent, je me rends compte que j'ai manqué une bonne partie des explications de Noémie. J'espère qu'aucune information capitale ne me fera défaut.

Je prétexte un besoin pressant pour rejoindre ma chambre et m'allonge sur le lit. Le matelas est un peu mou et la couette épaisse, j'ai l'impression de m'enfoncer dans un nuage moelleux. Sans m'en rendre compte, je sombre dans un profond sommeil.

Quand j'en émerge enfin, la lumière qui filtre à travers le voilage de ma fenêtre est faible. Il doit être terriblement tard. Je jette un œil sur mon smartphone. On ne capte même pas dans ce trou paumé... Il est 21 h 34. Je me lève d'un bond. Ma tête se met à tourner et je dois patienter un instant avant de rejoindre le salon.

Claude m'accueille avec un grand sourire.

— Tu avais l'air crevée, on a préféré te laisser dormir. Il reste de la quiche dans le four si tu as faim. Noémie a fait de la mousse au chocolat pour le dessert.

Trop parfait, ce mec, ce n'est décidément pas possible ! Et sa fille paraît du même acabit. Je me sens si minable en comparaison... Je bafouille un remerciement et passe en cuisine. La table a été dressée à mon intention. Je me sers une part de tarte et l'enfourne dans le micro-ondes. Une odeur sympathique parvient bientôt à mes narines. Mon estomac grogne, je ne m'étais pas rendu compte que j'avais si faim. À côté des couverts, une jatte en pyrex a été posée. Elle contient quelques feuilles de salade verte assaisonnée d'une sauce foncée, probablement à base de vinaigre balsamique. Je remplis mon assiette rendue tiède par le passage au micro-ondes et m'assois.

Je termine tout juste ma dernière bouchée quand Noémie apparaît dans la pièce.

— Tu as eu assez ? s'inquiète-t-elle en passant à l'évier pour se laver les mains.

Elle revient probablement des prés où elle a

nourri les animaux, j'aperçois un brin de foin dans ses cheveux blonds.

— C'est parfait. Cette quiche était délicieuse !

— Merci, Amélie.

Elle ouvre le frigo et en sort un ramequin.

— Mousse maison aux œufs de mes poulettes ! lance-t-elle avec emphase et contentement.

Je suis calée, pourtant je n'ose refuser. Elle est un peu trop sucrée à mon goût, mais reste savoureuse. En plus d'être adorable et accueillante, la fille de Claude est également bonne cuisinière. Elle doit bien avoir un talon d'Achille elle aussi, quand même !

Après avoir débarrassé, je retourne vers le salon. Mon beau-père a allumé la télévision et regarde une chaîne sportive tout en parcourant un journal. Je m'installe à ses côtés dans le canapé et m'empare d'un magazine qui trônait sur la table basse. Il s'agit d'un vieux numéro de Kaizen. J'ai déjà aperçu cette revue en magasin bio, mais c'est la première fois que je l'ouvre. Je le feuillette rapidement : le témoignage d'une rencontre avec Amma, un article sur les bestioles soi-disant utiles, une épicerie sans emballages, une école où le jeu est au cœur des préoccupations... Je retiens un soupir de lassitude. Une page m'arrête pourtant : on y voit une femme seule dans un pré à la fois brumeux et lumineux. Ses bras sont levés vers le ciel et son ombre s'étire. « Je suis le changement », lit-on sur un fond vert pomme. Je ressens comme une étrange vibration au niveau de ma voûte plantaire. Cela me met mal à l'aise. Je ferme le périodique avec un soupçon de précipitation et feins de me passionner pour la compétition sportive qui se déroule sur l'écran plat. Mes pensées papillonnent sans parvenir à se fixer sur quoi que ce soit. Après un long quart d'heure de lutte contre moi-même, je déclare forfait et opte pour le sommeil. Entre mes anxiolytiques et l'antidépresseur, il ne se fera pas attendre en dépit de ma sieste tardive. Je prends congé de mes hôtes et file vers ma chambre. Les volets sont en bois et je dois ouvrir la fenêtre pour les rabattre. Une odeur d'herbe humide m'assaille, me rappelant mes vacances d'autrefois en camping. Je me souviens de mes fréquentations ratées avec les jeunes de mon âge. Pourquoi le contact a-t-il toujours été si difficile pour moi ? Suis-je à ce point désastreuse ?

Je ferme à l'espagnolette puis me dirige vers ma valise pour y attraper ma trousse de toilette. Après un brossage rapide des dents, j'avale mes comprimés et prépare mon sac à dos pour demain. Noémie m'a conseillé d'y mettre les éléments dont je pourrais avoir besoin rapidement. Je place trois livres dans une pochette à zip étanche. Tous trois m'ont été prêtés par ma mère : *La Prophétie des Andes* de James Redfield, *Les Quatre Accords toltèques* de Ruiz Don Miguel et, ovni parmi les autres, *Un animal doué de raison* de Robert Merle. Je remplis mes gourdes : deux iront dans les paniers de l'âne et une sur mon dos. J'ai prévu plusieurs paquets de barres céréalières, j'enlève l'emballage carton et les verse en vrac dans le bagage. Il ne restera plus que mon pique-nique à ajouter demain matin. Mes papiers d'identité ainsi que mon porte-monnaie et mes lunettes de soleil sont déjà dans la poche du devant. J'espère que ça ne sera pas trop lourd à porter. Heureusement que le bourricot sera là pour faire le plus gros du boulot ! Avec moins de chance, ma mère m'aurait offert une rando sans assistance animale...

Déjà épuisée malgré ma sieste – les médocs font probablement effet –, j'enfile une chemise de nuit et me glisse entre les draps frais. Une odeur de lavande s'en dégage. Je ne suis pas fan. Heureusement, je n'ai pas trop le temps de pester car la torpeur m'envahit.

Le réveil me tire avec difficulté d'un sommeil de plomb. Je m'extirpe du lit et vais ouvrir en grand la fenêtre puis les volets. Une couverture de nuages gris et lourds a envahi le ciel. La menace d'une journée de pluie est forte. Ça commence bien, ma recherche du bonheur ! Malgré ma pensée narquoise, je sens poindre une légère excitation. Serais-je subitement motivée par ce périple futile ?

Une odeur de pain frais embaume la maison. Elle le fait elle-même en plus, j'en suis sûre ! L'injuste agacement à l'encontre de Noémie se renforce. Je me rends bien compte qu'il s'agit de jalousie mal placée et cela accroît ma contrariété.

Le petit déjeuner est déjà prêt : la table de la cuisine croule sous les mets sucrés : baguette encore tiède, gâteau au chocolat, muesli aux fruits secs, confitures diverses, thé, café, chocolat, jus d'orange pressé à la main... La maison d'hôte est vraiment parfaite. Aussi parfaite que Noémie. Une parole perfide s'insinue : ça ne l'empêche pas d'être célibataire, comme moi, na !

En fait, je n'en sais rien. Ce n'est pas parce qu'aucun homme ne vit ici qu'elle n'a pas de relation stable. Cette idée me rassurerait pourtant. Une voix contestataire s'élève depuis un coin reculé de mon esprit : pourquoi une femme aurait-elle forcément besoin d'un mâle pour réussir sa vie ? C'est vrai que cette assertion bien patriarcale est horripilante. Ne serions-nous pas des êtres complets pour avoir besoin de la protection d'un humain de sexe masculin ? Et puis, si ça se trouve, elle est lesbienne, après tout...

Je m'imagine un instant dans ses bras, mais cela ne provoque aucun émoi. Bien que je sois curieuse de nature, je n'ai jamais éprouvé d'attirance homosexuelle, tant pis.

« Tant pis ! » Voilà que je m'amuse moi-même ! Pour un peu, je suis presque déçue de ne pas désirer Noémie...

Pendant que je mange, Claude commente les nouvelles du matin qu'il découvre sur sa tablette numérique. Je n'aurais pas cru que le wifi passait ici !

Encore un attentat en Afrique apparemment. Je n'ai pas prêté attention au nom du pays. Je tente de me fermer à toutes ces informations déprimantes. Si je commençais à y prêter l'oreille, je m'enfoncerais dans la neurasthénie. Déjà que je suis en pleine dépression, d'après mon médecin...

Des gouttes de confiture parsèment mon set de table. Quelle maladroite je fais ! J'engloutis en vitesse le repas et débarrasse rapidement mes cochonneries.

La fille de Claude a déposé devant la porte de ma chambre les sacoches de l'âne et un peson[1]. De chaque côté, elle a déjà équilibré les rations de l'animal ainsi que le matériel qu'elle me prête et quelques conserves. Il ne reste que mes vêtements à ajouter. Je glisse également ma trousse de toilette et du PQ puis vérifie la répartition des charges. Après quelques modifications, cela semble presque parfait et je range le dynamomètre[2] dans mon sac à dos. Il ne me reste plus qu'à me laver et à enfiler ma tenue de marche.

***

En cuisine, Noémie achève la préparation de mon pique-nique.

— Je t'ai fait une salade composée à base de riz et un taboulé en plus des sandwichs. Comme ça, tu es tranquille pour aujourd'hui. Pour demain matin, j'ai pris un sachet de pains au chocolat industriels. Ce n'est pas top, mais ça dépanne ! J'ai aussi prévu des briquettes de lait parfumé et de jus d'orange. Il vaut mieux ajouter ce repas-là aux sacoches. Univers ne verra pas la différence, mais toi, si !

----

[1] Balance.
[2] Balance mécanique.

Je ressors la balance et la laisse gérer la tâche de pesée pendant que je glisse les Tupperware et les couverts (une simple cuillère, une courte fourchette et un couteau suisse) dans mon sac.

— Et voilà ! lance Noémie avec entrain. Fin prête ! Ça me rappelle ma première expédition, je trépigne autant que toi !

J'essaie tant bien que mal de cacher ma commisération envers elle. Comment peut-elle croire que j'éprouve une seule once d'exaltation à la perspective de cet enfer ? Et pourtant... elle doit avoir un peu raison car je sens bel et bien fleurir un brin d'enthousiasme quand je quitte la maison avec mon lourd chargement.

***

Je pose les sacoches à côté de la tente et m'empare du licol.

— Attends avant d'aller chercher Univers, je vais te donner la longe et le piquet d'attache pour les pauses. Je ne sais pas pourquoi, j'ai peur d'oublier après... C'est mieux de les conserver dans le sac à dos, ce sera plus pratique.

Elle disparaît quelques secondes dans l'ancien four à pain puis revient avec une sorte de tire-bouchon de vingt bons centimètres et une corde longue équipée d'un mousqueton à chaque extrémité.

— Ça ne paraît pas solide – et ça ne l'est pas vraiment – mais c'est suffisant pour qu'Univers reste sagement à sa place. Pendant les pauses et durant la nuit, ça lui permet de brouter tranquillement sans risque. Il gère tout ça très bien, surtout ne t'inquiète pas ! C'est rarissime de le trouver emmêlé et si jamais cela lui arrive, il reste zen et attends patiemment que tu viennes le délivrer. C'est vraiment une crème !

« Je ne sais plus si je te l'ai précisé, mais pendant les courts arrêts, je te conseille d'enlever les sacoches en laissant le bât en place. Les avis divergent à ce sujet, mais je suis partisane de cette approche. Pour l'avoir testée à de nombreuses reprises, cela me semble plus agréable pour l'équidé. Ôter tout le matériel pour le remettre une heure plus tard, je n'adhère pas...

Elle me laisse en autonomie pour aller récupérer l'âne et je me sens à la fois bête et démunie une fois seule dans le pré. Il est aujourd'hui dans une autre portion du champ, toujours solitaire. Sa tête est basse, ses longues oreilles maintenues en arrière. Il semble dormir, son postérieur droit est fléchi et cela donne l'impression que son corps est tordu.

Je m'approche en parlant, comme l'avait fait Noémie. Il tourne à peine une oreille et reste impassible. Je pose ma main sur son encolure et il lâche un profond soupir.

— Ça ne m'enchante pas plus que ça non plus, mon vieux... Je sais pas dire non, sans quoi je ne serais pas là ce matin !

Il relève légèrement le nez et j'en profite pour lui enfiler le licol. Dès que la boucle est fixée, il se secoue puis me suit docilement.

Noémie vient m'aider pour passer la barrière. Tous les autres pensionnaires à plumes et à poils sont arrivés en courant et se pressent autour de moi. Je sens une légère angoisse s'emparer de mon corps. Une sorte d'agoraphobie des animaux ; ça doit bien avoir un nom, mais je ne le connais pas.

Cette fois-ci, je parviens à réaliser le nœud autour de l'anneau dès le second essai. Noémie me félicite avec sincérité. Je ne lis aucune moquerie dans ses yeux et cela me fait un bien fou. Sous son regard attentif, je panse Univers puis place chaque élément du bagage. Quand le moment d'installer la bâche arrive, mon cœur s'emballe un peu. Vais-je me souvenir du procédé de fixation ?

— C'est parfait ! me lance la jeune femme alors que je termine. Même le nœud d'arrimage est tout à fait correct. Tu es fin prête pour cette rando ! J'espère qu'il ne pleuvra pas trop... J'ai peur que vous n'ayez aucune chance de passer entre les gouttes. Tu as ta cape étanche à proximité ?

Je hoche la tête puis attrape mon sac à dos. Je fixe les lanières au niveau des hanches et de la poitrine. Il est assez léger et ergonomique. Je devrais le supporter sans souci.

J'hésite un instant. Et si j'avais oublié quelque chose d'important ?

— Ne te bile pas, me rassure Noémie, tu m'appelles si tu as le moindre souci.

Claude vient d'émerger et il nous rejoint en quelques pas souples.

— Alors, ça y est ?!

Il sort de sa poche un smartphone dernier cri et ajoute avec un clin d'œil :

— Vas-y, je prends la photo de ton départ pour la transmettre à ta mère.

Je détache Univers et m'éloigne avec lui, un œil sur la carte, j'aurais beau jeu de me planter de route dès les premiers mètres. La présence de mon beau-père qui mitraille mon dos me donne l'impression d'une mise en scène fictive. Une fois de plus, je me sens extérieure au tableau. Suis-je vraiment en train de partir seule – ou presque – pour un périple d'une centaine de kilomètres ?

***

45

Je remonte l'allée aux myosotis sans plus de regard pour mes hôtes. Sous mes chaussures de randonnée aux semelles épaisses, les cailloux roulent, obligeant mes chevilles à un travail de maintien. Le sol est en pente légère et je sens les muscles de mes jambes entrer en action. Univers marche d'un pas paisible à ma droite. Ses oreilles sont pointées vers l'avant. Il semble prendre plaisir à s'éloigner de son domicile. Je pensais ces animaux feignants et casaniers, je me trompais peut-être.

Nous débouchons sur la départementale en plein dans un virage. Avec prudence, je m'engage sur le bas-côté et me place entre l'âne et la route. Pas une voiture ne passe et nous rejoignons rapidement la voie verte. Pour y accéder, il faut slalomer entre des barrières placées de manière à bloquer l'accès aux véhicules motorisés. J'appréhende le passage d'Univers, mais il louvoie avec habileté en prenant garde aux sacoches. L'ancienne ligne de chemin de fer a été refaite en sable stabilisé et le sol est facile sous mes pieds. Nous longeons la D911 pendant quelques centaines de mètres. À travers les arbres, j'aperçois de rares véhicules qui filent en direction de Sourdeval. Que peuvent bien faire ces gens un dimanche matin ? Vont-ils à la messe ou à un rendez-vous galant ?

La route laisse place à des champs cultivés de tailles variées. Rien à voir avec la Beauce, je suis bel et bien en Normandie. Les parcelles sont délimitées par des talus plus ou moins arborés. Le bocage tel que je me l'imaginais !

Une petite maison apparaît bientôt : celle de l'ancien garde-barrière. Les angles et les encadrements de fenêtre sont en briquettes, c'est plutôt mignon. Je me surprends à imaginer une vie ici, dans cette masure restaurée. Si ça continue, je vais me mettre à rêver de la famille Ingalls ! J'ai mangé du space cake, ce matin, ou quoi ?

Nous traversons une route de campagne. Trois hauts conifères bordent la voie verte sur ma gauche. Leurs troncs sont garnis de lierre. Une bouffée d'empathie inexplicable m'envahit. Je me sens soudain comme eux : étouffée. Étouffée par les conventions, par les règles, par la société, par mon éducation, par ma fierté... Étouffée par le monde entier. Sans que je m'en aperçoive tout de suite, mes yeux s'emplissent de larmes. C'est lorsque l'une d'elles glisse le long de ma joue que j'en prends conscience. Connerie d'hypersensibilité... Je farfouille dans ma poche et sors un anxiolytique.

***

Bientôt, je quitte le ronron monotone de l'ancienne voie de chemin de fer. La campagne grouille de bruissements : chants d'oiseaux, meuglements graves, ronronnement lointain d'un tracteur... Lorsque nous nous engageons sur la route, vient s'ajouter le claquement plus sourd des sabots d'Univers sur le bitume.

Je remarque le nom du lieu-dit sur un panneau noir : « La Gallouinière d'Eron ». Voilà qui est original ! Je me demande bien quels en sont l'origine et le sens.

Le vent s'est levé et n'augure rien de bon. Les arbres paraissent danser tant leurs branches sont secouées. Par précaution, j'arrête un instant l'âne et le laisse brouter le temps de sortir ma grande cape de pluie. Je dois avoir l'air d'un drôle d'oiseau bossu avec le sac qui déforme mon dos. Il ne me manque plus qu'un bec crochu et des serres en guise de mains... Je lâche un rire démoniaque en crochetant mes doigts puis arrête subitement. Je jette un œil en arrière. J'espère que personne n'est témoin de mes élucubrations ! On va mettre tout ça sur le compte des médocs. Pourtant, une joie enfantine prend peu à peu possession de mon corps et de mon être.

— En route, vaillant destrier ! lancé-je à mon compagnon aux longues oreilles.

Il me regarde d'un air dubitatif et quitte sa

touffe d'herbe avec résignation.

À ma gauche, champ de vaches ; à ma droite, champ de maïs. C'est bien typique ! Sauf que les bovins ne sont pas de race normande, ils sont de couleur blanche. On dirait plutôt des charolaises. Probablement des animaux élevés pour leur viande et non pour leur lait. Elles semblent paisibles, comme insouciantes. Peuvent-elles se douter de leur triste sort ? D'un coup de tête imprévisible, l'âne me pousse en avant puis se plante au beau milieu du chemin.

— Qu'est-ce qu'il t'arrive, mon vieux ? Tu veux déjà une pause ? Je te signale qu'on n'a même pas parcouru cinq bornes...

Il lâche à nouveau un profond soupir puis regarde alternativement les génisses puis moi. Pour un peu, je dirais qu'il lève les yeux au ciel.

— Bon, tu as fini ton cinéma ? On peut y aller ?

Je tire sur la longe, mais il ne fait même pas semblant de bouger.

— Allez ! Marche !

Je secoue les bras sous mon K-way, produisant un froissement sonore et l'âne consent à repartir.

Plusieurs bâtiments se dressent bientôt au bord de la route, au milieu de vergers luxuriants. Les pommiers se couvrent déjà d'embryons de pommes, promettant une bonne récolte.

Au carrefour suivant, comme à beaucoup de croisements, une croix s'élève. Elle est taillée dans le granite. Signe ostentatoire de la religion dominante de notre beau pays laïque.

Je songe avec ironie aux nombreux scandales dès qu'une autre croyance est mise en avant. La tradition et l'identité nationale ont parfois bon dos...

J'ai aussi l'impression que l'on confond souvent liberté de religion et injonction d'athéisme. Ou bien c'est moi qui ne comprends pas...

Après tout, je m'en fous, je ne crois en rien.

J'ai souvenir de mon vieux prof de physique de lycée qui avait un jour dit : « La science a pour but de prouver l'inexistence de Dieu. ».

Cette citation tourne un bon moment dans ma tête. Et si la science, au contraire, était la nouvelle religion de notre société ? Est-il encore permis de croire aujourd'hui sans le sceau validateur d'une recherche ?

Quand je pense qu'il a fallu que des types pondent une (voire plusieurs) étude en bonne et due forme pour reconnaître la souffrance des bébés... Tant que la sacro-sainte Science n'avait pas donné son avis, leurs douleurs n'existaient pas.

Je frissonne. Quelles abominations ont encore cours à cet instant même ? En attente d'une preuve qui ne viendra peut-être jamais...

Une goutte s'écrase sur mon nez. Voilà venir la pluie ! Très vite, les éclaboussures s'enchaînent, percutant mon visage de plus en plus vite. Sans lâcher la longe, je rabats la capuche sur ma tête et serre la ficelle sous mon menton. Je dois avoir fière allure ! Heureusement que Claude et son appareil photo ne sont plus là.

***

J'ai quitté la départementale et emprunté une route étroite qui monte entre les arbres d'un bois touffu. Avec la pluie qui continue de tomber, ça sent la mousse et l'humus à plein nez. Un sentier apparaît bientôt sur ma gauche. Il m'attire irrésistiblement, mais n'est malheureusement pas sur mon parcours. Je poursuis sur le bitume stérile et enfin, mon tracé me fait rejoindre un sentier carrossable. Après quelques centaines de mètres, j'atteins le GR22. Ce célèbre itinéraire de grande randonnée part de Paris et mène jusqu'au Mont-Saint-Michel.

Sur ma carte, j'aperçois un point remarquable à peu de distance : « La Chapelle Montfort ».

— Que penses-tu d'une pause au pied de cet édifice, Univers ?

Me voilà en train de parler à un âne ! Et le pire,

c'est qu'il semble me répondre. Je jurerais même qu'il est emballé par la proposition.

— Va pour le petit détour et l'arrêt, dans ce cas !

L'équidé me suit avec empressement. Nous arrivons rapidement auprès de la chapelle. Elle est minuscule et juchée sur une légère butte au centre d'une clairière. Des pieds de bruyère égayent le lieu somme toute austère, dommage qu'elles ne soient pas encore en fleurs.

Sans ôter complètement ma cape, j'enlève mon sac à dos et en sors de quoi attacher Univers. Il ne m'a pas attendue pour goûter à l'herbe tendre de la trouée...

Avec la bruine qui n'arrête pas, je préfère ne pas décharger l'âne. Il n'a pas l'air de se plaindre de son paquetage. J'espère ne pas faire erreur, il me semble que c'est ce qu'a préconisé Noémie, mais ses instructions se brouillent dans ma tête. Ma mémoire me fait souvent défaut depuis que je suis sous traitement.

Un panneau explicatif est planté sur le pignon du bâtiment. Après avoir lu avec attention les histoires de construction et de curés, je cherche l'entrée. La clenche me paraît dans un premier temps bloquée, puis elle s'actionne et m'offre une vue de l'intérieur. C'est très vide : une fenêtre à gauche, une autre à droite. En face de moi, un autel dédié à sainte Anne est éclairé par une lucarne rouge... Je referme puis, un œil sur l'âne, je m'assois sur une pierre à l'angle de la porte et profite de ce moment de quiétude pour boire et grignoter. Après tout, Univers n'est pas le seul à avoir déjà un creux !

Je ferme les yeux un court moment puis, entendant un bruit de pas, je les ouvre avec curiosité. Un enfant d'une dizaine d'années sautille de pierre en pierre et me lance un « bonjour » enthousiaste. Je réponds d'un bref hochement de tête, peu désireuse de le voir s'approcher. En vain, le voilà qui vient vers moi.

— Il est à vous, l'âne ? me demande-t-il avec intérêt sans cesser de gigoter.

— Pas tout à fait, on me l'a prêté.

— C'est trop cool ! Il s'appelle comment ? Je peux le caresser ?

En lui répondant, je me lève, cachant à peine un soupir. Comme le gamin s'approche, Univers daigne quitter son herbe et souffle sur son visage. Le môme explose de rire et pose une main timide sur le museau.

— C'est doux ! s'exclame-t-il avec une mine réjouie.

Je ne peux m'empêcher d'envier cette propension naturelle des enfants à s'enthousiasmer. Une petite voix monte en moi soudainement :

— *Il ne tient qu'à toi de t'enthousiasmer plus souvent !*

Je sursaute. C'était bien en moi, mais extérieur en même temps. Univers semble me lorgner d'un air goguenard. Je deviens folle, ma parole !

Je suis un peu à l'ouest et le garçon continue à me bombarder de questions auxquelles je réponds en mode automatique. « Et qui je suis ? Et d'où je viens ? Et où je vais ? Et pourquoi ? »

En voilà, de bonnes interrogations... Je sens bien que mes paroles sonnent creux.

Qui suis-je ?

Une femme. Génétiquement, ça semble clair. Encore que, je connais des filles porteuses d'un chromosome Y. Un être humain, là, au moins, je ne peux pas me tromper ! Mais c'est quoi, un être humain, au final ? Un animal doué de conscience paumé sur un caillou minuscule aux confins de la Voie lactée ?! C'est quoi, un humain ?

D'où je viens ?

Je suis le résultat de la fécondation entre un ovule et un spermatozoïde. Vive la bio ! Pif paf pouf, me voilà ! Et avant ? D'où je viens avant ça ?

Où je vais ?

Vers la mer. Et après ? Elle va où, ma vie, après cette parenthèse sur les sentiers ? Dans un collège ? Dans une vie bien rangée de célibataire aigrie ? Et après, encore après, elle ira où ma conscience d'humaine paumée ? En enfer ? Au paradis ? Nulle part ? Dans le néant ?

Pourquoi ?

Pourquoi y a-t-il quelque chose et non pas plutôt rien ? Vieux souvenir de mes cours de philo. Je ne sais même plus qui a dit ça. Platon ? Socrate ? C'est fichtrement une bonne question, quand même !

À quoi je sers, moi ? Pourquoi j'existe au lieu de n'être pas ?

La nausée monte. Extérieurement, mon état ne doit pas trop se voir car l'enfant continue de papoter avec joie.

Je suis perdue.

La voix de Stitch fait son apparition dans mon esprit dérangé. Ce dessin animé de Disney ne m'a pas laissé un grand souvenir, mais cette phrase de l'extraterrestre se met à tourner en boucle. *Je suis perdu.*

Purée, je suis surtout givrée !

Après ce qui me semble une éternité, le gamin s'éloigne enfin en bondissant de droite et de gauche. À quoi donc peut ressembler le monde à travers ses yeux émerveillés ?

Me voici à nouveau seule. Ou presque. L'âne semble m'observer avec attention. Un je-ne-sais-quoi transparaît dans ses yeux, une étincelle d'intelligence, de bienveillance ? Un truc, en tout cas...

— Bon, je crois que la pause est finie, mon vieux. On repart ?

***

Pendant un peu plus d'un kilomètre, nous alternons sentiers et étroites routes de campagne. C'est vallonné, les paysages verdoyants sont – je dois bien l'admettre – magnifiques. La descente dure un certain temps et je sens que mes tibias doivent fournir des efforts. Des pierres roulent sous mes pieds ou ceux d'Univers avec un petit bruit chantant. La météo est redevenue plus clémente. Un rayon de soleil parvient même à percer les nuages. Mon tracé croise finalement une départementale un peu plus importante. Une marque sur ma carte m'indique que je vais rejoindre le vrai itinéraire de la Route des chiffonniers. À ma droite se trouve le moulin de la Sée, estampillé « Écomusée » d'après les quelques notes griffonnées par Noémie. Je suis curieuse, mais il ne semble ouvrir qu'à 14 h le dimanche... Tant pis.

Alors que je foule pour la première fois le bitume et les gravillons qui couvrent en cet endroit la Route des chiffonniers, une étrange vibration semble émaner de la terre, traverser les semelles de mes chaussures de marche et se propager dans mes pieds. C'est doux, étrange et inquiétant, mais doux. Comme si les ailes de multiples papillons me portaient soudainement. Je ferme un moment les paupières et profite de l'instant. Univers me guide.

Je suis coupée de cet étonnant moment de communion par un nouveau « Bonjour ! ».

C'est toute une famille qui arrive cette fois à ma rencontre : papa, maman, grande sœur, frère cadet et fillette chancelante. Le monsieur attrape la petite dernière sous les bras et la pose sur ses épaules.

— On peut caresser votre âne ? demande le garçon.

J'acquiesce.

— Vous venez de loin ? interroge la mère.

— Pas tellement, je suis partie ce matin de Sourdeval. Je vais jusqu'à la côte.

Elle s'extasie.

— C'est super ! Quel courage ! Tu entends, Simon ? Et vous dormez où ?

— J'ai une tente dans mes bagages et des zones précises où je peux m'arrêter. Je verrai en fonction de la fatigue !

La discussion se poursuit un long moment. J'y prends plus de plaisir que je ne l'aurais cru. Ces gens sont sympathiques et simples. Leur émerveillement pour mon périple est presque contagieux. Je me retrouve bientôt aussi emballée qu'eux. Quand ils finissent par s'éloigner, mon estomac se met à grogner farouchement. Un coup d'œil à ma montre m'indique qu'il est treize heures et cinq minutes. Univers n'a pas perdu de temps, lui, il se régale sur le bas-côté depuis que je papote...

— Allez, mon vieux, on avance un peu et dès que je vois un coin agréable, on s'arrête encore. Noémie avait raison, on passe plus de temps en pause qu'à marcher !

Un peu plus loin, la route se transforme en chemin après la traversée de deux ruisseaux. Une vaste demeure – probablement un ancien moulin – borde le sentier. L'endroit paraît idéal, au bord de la Sée. Je vais pouvoir abreuver Univers et manger en paix. Entre les hauts arbres, un soleil timide parvient à percer.

Cette fois-ci, je prends le temps de décharger le bât. L'âne se secoue puis entame le débroussaillage du bas-côté. Je laisse la bâche sur les bagages par acquit de conscience, mais le ciel est moins lourd. Nous devrions échapper à la pluie pendant notre pique-nique.

Avec précaution, je descends au bord de la rivière, à côté du pont. Il s'agit même d'un fleuve puisque la Sée se jette dans la baie du Mont-Saint-Michel, mais elle est si étroite en ce lieu que le terme me paraît grandiloquent. Les branches sèches d'un thuya roulent sous mes semelles et je m'imagine déjà glisser et me vautrer dans l'eau ! Heureusement, j'échappe à la baignade forcée et parviens à remplir le seau pliable sans trop m'arroser.

Lorsque je le pose à côté de mon compagnon, il le renifle un vague instant puis le méprise, préférant continuer à s'empiffrer. C'était bien la peine que je risque la chute ! Il exagère, quand même ! Avec un air arrogant, il lâche même une sorte de ronflement en faisant vibrer ses naseaux. Il a le don de me mettre en pelote, lui !

Un peu fâchée, je m'éloigne avec mon repas et me pose sur l'herbe. Le sandwich préparé par Noémie est délicieux et bien copieux : fromage, jambon, salade, tomates, cornichons, beurre demi-sel. Le pain frais croustille, c'est un régal. J'avais une faim de loup, en fait. La fille de Claude a aussi prévu une conserve de salade de fruits pour le dessert. Me voilà repue. Je jette mes déchets dans le sac prévu à cet effet et rééquilibre les bagages.

Un coup d'œil à ma montre m'indique que j'ai tout le temps pour une sieste. Je m'installe plus confortablement et m'endors en quelques secondes.

C'est une goutte fraîche qui me réveille en tombant sur ma joue. Le ciel est à nouveau couvert. Il faut que je me dépêche de charger Univers avant que son tapis ne soit mouillé !

Je commence déjà à prendre le coup de main, me voilà un peu plus rapide encore que ce matin. Au moment même où je termine mon nœud d'arrimage, un éclair illumine le paysage assombri, bientôt suivi d'un grondement sourd. C'était moins une.

— Eh bien, mon gars ! On va terminer la journée en beauté, on dirait !

Tant pis pour le musée, il doit être ouvert maintenant, mais je n'ai aucune envie de laisser l'âne tout seul dehors avec cet orage. La pluie se met à tomber de plus belle. En un rien de temps, mon visage est trempé malgré les hauts arbres qui forment une voûte au-dessus de nous. Heureusement, mon ample cape protège le reste de mon corps. Il fait un froid de canard tout à coup. J'espère que la marche va me réchauffer. J'ai à moitié envie de faire pipi, mais vraiment pas le courage de me déculotter sous la flotte. On verra plus tard... Je jette un œil autour de moi pour vérifier que je n'ai rien oublié puis nous partons.

Nous longeons de plus ou moins près la Sée

pendant presque deux kilomètres. À notre droite s'élève une colline boisée. Le paysage plus lointain est invisible, les cieux semblent enragés. Ils redoublent d'efforts pour nous tremper et les roulements de tambours se poursuivent. Bien vite, je me résous à ne plus éviter les flaques. Mes chaussettes sont déjà bien imbibées...

De son côté, Univers avance la tête basse et les oreilles repliées sur l'encolure. Son nez est légèrement plissé autour de ses naseaux. Il a l'air aussi tendu que moi. Il avance pourtant d'un bon pas. Que peut-il bien penser de tout cela ? Est-il vraiment content de me suivre ? Prend-il du plaisir dans cette marche ? Je me demande si ma compagnie peut lui être agréable...

Au moment même où ces mots deviennent des pensées, l'âne se frotte doucement à mon bras. Allez, je t'aime bien aussi, garçon, en vrai...

Lorsque nous arrivons au lieu-dit « La Géfrère », c'est l'apocalypse alentour. Mon cœur s'est mis au diapason et bat la chamade sans que je me l'explique. Je me sens comme un tout petit enfant perdu dans le vaste monde. Seule la présence de l'âne m'apaise un peu. J'ai l'impression que des monstres vont surgir entre les maisons et venir me dévorer. Mon environnement devient hostile, incompréhensible, comme si je ne connaissais plus les lois qui le régissent. C'est angoissant, j'ai la sensation de passer un test auquel je ne comprends rien et j'ai hâte qu'il se termine.

Un croisement, une haie taillée au cordeau... Nous traversons une nouvelle départementale. Le paysage est plus plat autour de nous, les champs sont vastes. À travers le rideau de pluie, j'aperçois à peine leur extrémité.

Peu à peu, les éléments déchaînés s'apaisent. Le vacarme reflue. J'entends maintenant le claquement des sabots d'Univers sur le goudron ainsi que le « sploutch-sploutch » de mes chaussures détrempées.

Un croisement affublé d'un calvaire, nous prenons à droite. La route monte légèrement, puis de plus en plus. J'ai chaud, je transpire sous ma cape étanche. Mon corps devient plus palpable, j'en ressens la moindre parcelle. Soudainement, il devient pleinement mien. Je n'avais encore jamais perçu ma conscience dans mes orteils, c'est chose faite. Quelle étrange impression ! Je me rends maintenant compte que je suis tout autant ce mollet que cette tête. Pour un peu, je sentirais presque des bouts de moi à l'extérieur. C'est trop dérangeant, je concentre mon attention sur mon corps. C'est déjà bien assez perturbant de se sentir *être* dans ses jambes !

La route laisse bientôt place à un sentier de

terre après un groupement de maisons. Nous descendons en lacet, c'est raide, on se croirait presque en montagne. Des arbres sont tombés en travers du chemin, mais nous sommes assez petits pour passer en dessous sans nous baisser. Un ruisseau nous attend en bas et un pont nous permet de traverser au sec. J'hésite un peu avant d'y engager Univers car une planche paraît abîmée. Je sautille dessus, elle est ferme et solide, il ne devrait pas y avoir de souci. Les quatre pieds de mon compagnon résonnent fortement, mais aucun craquement ne se fait entendre. De l'autre côté, le chemin monte raide et emprunte le lit d'un autre ruisseau. Le balisage du GR m'indique la route. Je pensais que j'allais rester au pied de la colline, mais nous allons finalement devoir grimper ! Le ciel est si sombre qu'il fait presque nuit. La pluie continue de tomber, nous sommes heureusement partiellement abrités. Seuls nos pieds pataugent...

La côte est vraiment abrupte, mes poumons brûlent. Le terrain est aussi difficile pour moi que pour Univers : une rigole étroite s'est formée au centre et une multitude de cailloux gênent notre progression. Nous ne devions pourtant pas monter déjà ! Un nouveau marquage me confirme néanmoins que nous sommes bien sur le GR que nous devons suivre pour le moment.

Nous émergeons sur une route goudronnée après un effort qui nous laisse essoufflés. Mon ressenti était bien avéré, nous ne sommes pas sur le bon chemin ! Le GR a dû être détourné depuis la mise en place de mes cartes. La loose ! D'où nous sommes, nous pourrions couper et reprendre plus loin notre tracé, mais mon esprit fier ne le permettrait pas. Je dois suivre la Route des chiffonniers, je suivrai la Route des chiffonniers ! Mais quand même : merde !

Univers me suit avec résignation, j'imagine qu'il doit maudire mon foutu orgueil.

La descente s'avère plus simple malgré les cailloux qui ne cessent de rouler sous nos pieds. Plus bas, je repère le probablement bon itinéraire barré d'une croix blanche et rouge. Une centaine de mètres à peine plus loin, le balisage du GR est encore visible sur les troncs. Mon hypothèse était donc correcte, c'est l'itinéraire de grande randonnée qui a été détourné.

Cette fois, nous restons au pied de la colline escarpée et boisée. Le ruisseau que nous avons traversé tout à l'heure coule sur notre droite. Le sol est plat, détrempé, mais divinement plat !

Ma vessie est pleine, j'ai faim aussi, mais aucune envie de m'arrêter, mes pas se font tout seuls, c'est agréable et je ne souhaite pas stopper cet instant.

Il va pourtant bien falloir que je m'y colle, à chaque enjambée, j'ai un peu plus de mal à me retenir. D'autant plus que les bruits d'eau ne manquent pas alentour...

Bon, tant pis !

J'attache rapidement Univers à une branche et file entre deux arbres étroits. En faisant vite...

Je me dépatouille tant bien que mal de ma cape trempée. Rhaaa, je m'arrose copieusement au passage. Merde bis !

Je me baisse avec maladresse...

Quand je commence à me relever, j'entends des bruits de voix. Putain ! Ça fait un bail que je n'ai croisé personne, je m'arrête enfin pour me soulager et il faut que quelqu'un débarque !

Je me reculotte à la va-vite et rejoins l'âne au moment où un groupe de cavaliers apparaît.

Ils sont quatre. Leurs chevaux sont beaucoup plus grands qu'Univers et de couleur brune. L'homme me fait un signe de la main. Il m'indique que le dernier de leur troupe a tendance à botter. J'invite mon âne à grimper légèrement sur le talus pour garder une plus grande distance. Les premiers passent sans encombre, mais le quatrième se met à piaffer. Il lâche un petit couinement ridicule devant mon compagnon qui couche les oreilles d'un air mal aimable.

— T'as fini de faire ton malin ! soufflé-je. Il a

peur de toi et tu en profites, vieille canaille !

— Ne vous inquiétez pas, s'excuse le cavalier. Ma jument est un peu jeune et elle s'effraye encore de tout.

Il la calme d'une voix douce et ils s'éloignent après un au revoir.

Dès qu'ils ont disparu, je réajuste mon pantalon et ma cape. Dire que je suis paumée au milieu de nulle part sous un temps pourri et qu'il a fallu que cette troupe vienne pile-poil au moment où je sortais mes fesses !

Environ un kilomètre plus loin, le sentier se rétrécit en une montée glissante. À notre droite, de l'autre côté du ruisseau, s'élève une très forte pente dépourvue d'arbres, mais couverte d'une végétation touffue. Probablement des ronces et des fougères. Encore une fois, je pourrais me croire en région montagneuse ! Nous devons ensuite ouvrir une barrière et traverser un pré avant de nous retrouver sur une route goudronnée. Il pleut toujours à verse. Je commence à fatiguer de toute cette eau. J'ai envie de sec ! Un coup d'œil à ma montre m'indique qu'il est un peu plus de 19 h. Déjà !? Je n'en reviens pas ! Sur la carte, j'aperçois une marque rose à moins d'un kilomètre. Alléluia ! Je vais opter pour ce lieu de bivouac. J'en informe

Univers – parler à un âne ne me fait plus peur – qui semble satisfait de mon choix.

Un dernier effort puis nous arrivons sur un chemin encadré par deux rangées de fils barbelés. Le champ où ma présence ne dérange pas se situe sur notre gauche. Il est incroyablement vaste et forme une légère combe au creux de laquelle semble couler un filet d'eau. J'en trouve rapidement l'entrée. C'est une barrière de barbelé à laquelle je me pique en râlant. Juste à côté, un large bac en métal est rempli d'eau partiellement verte. Beurk, j'envisageais un peu mieux pour ma toilette...

Malgré la grande taille du pré, je peine à dégoter un endroit plat pour ma tente. Finalement, je choisis de rester à proximité de l'abreuvoir. Je commence par ôter les bagages de l'âne comme me l'avait indiqué Noémie. Je les pose contre un piquet puis vais installer la longue longe à laquelle j'accroche mon compagnon. Ceci fait, je farfouille dans mes bagages et en extrais la tente. C'est un modèle spécial randonnée, très léger. Je me rends vite compte que c'est aussi très petit. Une fois les sacoches à l'abri, je n'aurai pas beaucoup de place pour m'installer. Il me faut un bon quart d'heure pour parvenir à monter la bête. La pluie continue de tomber en bruine légère. Y'en a ras-le bol de toute cette flotte.

Je rejoins Univers et enlève cette fois le bât. Le tapis est humide, je le pends dans la tente – aïe l'odeur ! - puis repars avec une brosse et un cure-pied pour finir de soigner mon porteur.

Tout ceci fait, je commence à sentir la faim me tirailler de plus en plus. Heureusement que Noémie a prévu une gamelle et que je n'ai rien à préparer.

Avec quelques difficultés, je retrouve toutes mes affaires, sors mon fin matelas autogonflant et m'installe partiellement sous la tente pour manger. Enfin !

Je dévore ma salade avec délectation. Jamais mélange aussi basique ne m'aura semblé si bon !

Compte tenu de la qualité de l'eau dans l'abreuvoir, je décide d'éviter la vaisselle pour le moment.

Il est très tard et le mauvais temps aidant, le jour décline déjà. Univers a l'air serein, il dort, un pied relevé, la tête et les oreilles basses. Je vais aller faire de même.

Me changer dans l'étroite tente n'est pas facile, mais en pyjama et pieds déchaussés, je me sens tellement bien ! J'allume ma lampe et sors mon livre puis le referme aussi sec. En fait, je suis claquée, je n'ai aucune envie de bouquiner. Je m'emmitoufle dans mon duvet et éteins. Je cherche en vain une position confortable pour dormir, mes cervicales n'apprécient vraiment pas l'absence de mon oreiller ergonomique... La pluie goutte avec force sur la toile. Le vent souffle dans les arbres au-dessus de moi. Des grincements sinistres s'élèvent. C'est la première fois que je dors seule au milieu de nulle part. C'est limite inquiétant, en fait...

Plus je me focalise sur les bruits extérieurs et plus mon cœur bat fort. Je me sens complètement idiote de flipper pour si peu. J'imagine que j'ai moins de risque de me faire agresser ici qu'en me promenant dans Tours après la tombée de la nuit. Mais la peur ne se contrôle pas et ce n'est que tardivement que je parviens enfin à m'endormir.

Une lumière blafarde et glauque me réveille. J'ouvre les yeux sur l'ambiance tamisée créée par la toile verte de ma tente. Les oiseaux pépient dehors. J'ai mal partout, c'est l'horreur.

Je me redresse et me retrouve le nez dans le tapis d'Univers. Ça empeste l'équidé mouillé.

Étant donné le peu d'espace qui m'est alloué, j'ai un mal fou à m'extraire de mon duvet. Me voilà transformée en chenille bleue maladroite.... Dieu que je me sens ridicule ! Enfin, je m'extirpe de mon lit de fortune et ouvre la fermeture Éclair. Le temps est mitigé : le ciel alterne entre nuages gris et blancs, parfois un coin de ciel bleu. Pas de pluie à l'horizon. Ouf.

Le sol est détrempé alentour. Sans prendre le temps de mettre une paire de chaussettes, j'enfile avec une grimace mes chaussures encore humides avant de sortir. Un long bâillement me fait fermer les yeux tandis que le vent frais me donne la chair de poule. J'attrape une polaire et me tourne vers l'âne...

Bordel de merde ! Il n'est plus là ! La longe et le piquet sont toujours installés, mais nulle trace d'Univers. Une angoisse énorme monte et m'assaille. Je marche jusqu'à l'installation. Rien de cassé, le mousqueton est en revanche resté en position ouverte : de la terre s'est immiscée dans le mécanisme, empêchant sa fermeture complète. Je me maudis de ne pas y avoir porté plus d'attention hier. Un tour d'horizon m'indique que l'âne est invisible. Et je n'ai même pas fermé la barrière du champ ! J'en avais tellement marre en arrivant ici... Je prends la corde courte et file au galop vers le sentier. La terre est meuble ce qui me permet de voir que seules nos traces d'arrivée sont présentes. Univers n'est pas repassé par ici. Il doit y avoir une autre issue dans ce pré. Je n'ai plus qu'à en faire le tour ! Par précaution, je referme la clôture avant de m'éloigner.

Je longe le barbelé et descends jusqu'au ru qui court en contrebas. Maladroitement, je saute de motte de terre en motte de terre pour éviter de marcher dans l'eau. Peine perdue... De toute façon, mes chaussures étaient déjà mouillées. Je remonte sans quitter le fil des yeux. Mes cuisses me font déjà mal, ça promet ! Toujours pas d'ouverture, je poursuis ma prospection vers la droite jusqu'à l'angle suivant. J'ai une pensée pour Noémie, comment va-t-elle réagir si je ne retrouve pas son âne ? Que va-t-elle penser de moi ? Ce champ est vraiment immense, c'est incroyable qu'il n'y soit pas resté ! Pourquoi donc est-il parti ? Il y a largement de quoi manger ici...

Enfin, je perçois une barrière restée ouverte. Je

m'engage dans l'ouverture et pousse un soupir de soulagement : Univers est juste de l'autre côté. Il broute paisiblement. Me voyant arriver, il lève la tête nonchalamment et me regarde comme si de rien n'était. Quel faux-cul ! J'ai comme l'intuition qu'il a fait exprès de se planquer ici juste pour me filer la frousse.

Il ne cherche même pas à fuir quand je l'attrape par l'anneau de son licol.

Je sens l'agacement monter en moi. Mais qu'est-ce que je fous là, sérieux !? De retour au campement, je replace l'âne en prenant bien garde que le mousqueton soit clos. Pour la peine, il n'a droit ni à un mot gentil ni à une caresse.

Assise sur mon matelas, à demi dans la tente, je mâchouille les pains au chocolat. Tout me semble insipide ce matin, depuis la bouffe jusqu'au paysage qui m'entoure. Un mélange de tristesse et d'exaspération m'étreint. En cet instant présent, je voudrais être partout sauf là.

Ranger est une véritable galère ; en une seule nuit, j'ai déjà mis du bazar partout et ce qui rentrait allègrement dans les sacoches hier fait aujourd'hui de la résistance. Je m'énerve et bourrine un peu dans l'espoir de fermer les clips, en vain. En une seule seconde, mes yeux s'inondent et je m'écroule en larmes. Ça m'énerve encore plus de pleurer, mais je ne contrôle rien, de longs sanglots bruyants sortent de ma gorge. Je ne saurais dire combien de temps cela a duré quand un souffle suave et chaud se fait sentir dans mon cou. Univers est juste derrière moi, la tête basse et les yeux mi-clos. Il semble en communion profonde avec ma détresse et cela me touche. Je pose ma main sur sa joue et ressens au creux de ma paume une douce vibration qui m'apaise aussitôt. Mes paupières se ferment et ma conscience s'envole.

Lorsque je reviens à moi, une seconde ou une heure plus tard, mon cœur est enfin calme. Je dépose un baiser sur le nez velouté de mon compagnon et me lève. En deux temps trois mouvements, les bagages sont prêts. J'ai l'impression d'avoir déposé ce matin un paquet énorme qui m'encombrait depuis des siècles. Enfin, je me sens légère.

∗∗∗

Le sentier est humide, mais le soleil s'est décidé à percer les nuages et si mes pieds sont au frais, mon dos profite du moindre rayon filtrant à travers les arbres.

Rapidement, nous débouchons sur une départementale puis poursuivons sur une route qui grimpe assez raide. Les muscles de mes cuisses râlent – merde aux courbatures ! – mais je me sens détendue. Pleurer m'a vraiment fait un bien fou. Je ne pensais pas que cela pouvait être aussi efficace ! Surtout que, dans le fond, je ne sais même pas pourquoi j'ai craqué.

Nous parcourons environ deux kilomètres avant d'arriver dans un village fantôme : St-Michel-de-Montjoie. Ça n'a pas l'air d'être tant la joie que ça, ici. Pour un peu, je me croirais dans *Walking Dead*, pas un chat à l'horizon... Les marcheurs ne vont sûrement pas tarder à arriver pour nous bouffer. Je lâche un petit rire qui fait sursauter Univers. Il me regarde avec surprise puis soupire sans cesser d'avancer de son pas lent et régulier.

Nous quittons vite le patelin et empruntons un nouveau chemin de terre. Le paysage est extrêmement vallonné, visuellement, j'adore ! Ce sont mes jambes et mon souffle qui apprécient moins... En plus, avec mes chaussures humides, j'ai l'impression d'avoir une ampoule au pied gauche, gé-nial !

Deux bons kilomètres plus loin, nous passons au hameau « La Potence ». Décidément, ils sont un peu effrayants dans le coin. Heureusement, nul pendu ne se balance aux branches des arbres.

Nous entrons ensuite dans un bois superbe. À nouveau, des vibrations emplissent mes membres inférieurs à chaque pas. Je sens aussi la paume de mes mains comme électrisée par un courant invisible. C'est surprenant mais pas désagréable. Soudain, je me sens oppressée, comme saisie d'un trouble. Une bâtisse imposante à la façade percée de multiples fenêtres à petits carreaux est apparue. Un parc fleuri semble l'entourer, mais il est à demi caché par un mur de pierre. Ma carte indique « Le Château ». Cet endroit pourtant beau me donne la chair de poule, comme si de tristes événements y avaient eu lieu et marquaient encore l'atmosphère d'une monstrueuse résonance. Même Univers semble nerveux. Des taons ont fait leur apparition et nous tournent autour, prêts à nous dévorer de leur morsure douloureuse. J'accélère le pas, je n'ai nulle envie de m'éterniser.

Le lieu maudit disparaît peu à peu derrière la végétation, l'étau se desserre autour de ma poitrine. Lorsque nous arrivons sur la D39, un soleil vif nous accueille. La circulation est un peu plus importante ici, nous approchons d'un nouveau village : Saint-Pois. D'après les cartes de Noémie, je vais pouvoir me ravitailler dans une supérette. Un léger détour m'emmène en effet sur le parking d'un Viveco. Après un long moment d'hésitation, je décide d'attacher l'âne à un lampadaire bordeaux, juste à côté d'un cabinet médical. J'espère que mon nœud est correct et que la bête sera sage pendant mon absence...

Après avoir vérifié que mon porte-monnaie est bien sur moi, je file en vitesse dans le magasin. J'en fais le tour en un temps record et ressors le plus vite possible avec mes emplettes.

Univers n'a pas bougé, il semble endormi. Je me détends subitement et prends conscience de l'inquiétude qui me rongeait lorsqu'il était hors de ma vue. L'épisode de ce matin a laissé quelques traces, on dirait...

— Merci d'être resté, bonhomme, murmuré-je à son oreille avant de reprendre la route.

Lorsque nous rejoignons notre tracé au sein du village paisible, je me mets en quête d'un endroit où manger. À parcourir les rayons de l'épicerie, mon estomac s'est réveillé. Un banc sur la place de la mairie me fait de l'œil. C'est un peu près de la route mais tant pis, je rêve de m'asseoir ailleurs qu'au sol. Imperturbable, Univers s'endort avant même que je ne fixe sa longe. Je détache les sacoches et les dépose à ma gauche pour en sortir les ustensiles de pique-nique. Ce midi, c'est tartines au pâté, chips et tomates. Régime diététique au possible !

Assise ainsi à grignoter, je me sens soudain vieille, très vieille. Vais-je finir ma vie comme ça ? Seule à regarder passer les voitures ? Puis je repense à la chanson de Brassens. Ça fait bien longtemps que je n'ai bécoté personne le cul posé sur un banc... De toute façon, j'ai passé l'âge pour ce genre de démonstrations publiques. Et puis ma dernière relation a été une catastrophe. J'ai le chic pour tomber sur des types pourris. Il faut dire que je ne suis pas facile à vivre non plus. À force de célibat, j'ai pris mes habitudes et je ne sais pas s'il reste de la place pour un homme dans tout ça... Pourtant j'aimerais tellement m'endormir et me réveiller auprès d'un autre. Je grimace. Bon dieu, c'est moi qui pense ces niaiseries !?

Le soleil dore doucement la peau de mon visage, mon ventre est plein. Il est temps d'imiter l'âne et de partir pour une sieste. Je vais avoir l'air un peu nouille à pioncer ici, au milieu de la place, mais j'ai la flemme de tout déménager pour trouver plus calme... Je ferme les yeux et me laisse glisser vers le monde des rêves.

***

Mon sommeil se révèle agité et je me réveille en nage, le cœur battant à tout rompre. Je crois que mon imagination fertile a eu raison de moi, j'ai intégré à mes songes le château aperçu ce matin... Il était question de meurtres, d'enfants suppliciés, de femmes torturées. C'était d'un glauque ! Je n'ai plus aucune envie de rester ici maintenant. Je m'active pour remettre les bagages sur Univers et reprends ma route en vitesse. Un œil sur ma carte m'apprend que nous nous dirigeons à présent vers « Le Val d'Enfer ». Eh bien, ça promet !

Alors que mes pas me portent sur un sentier très pentu sollicitant fortement mes tibias et mes genoux, j'ai bel et bien l'impression de m'enfoncer dans les entrailles des enfers. Des souvenirs enfouis remontent à la surface tandis que je m'enlise en moi-même. Des historiettes d'apparence sans importance se rejouent : mon dernier « incident » alors que je ne portais plus de couche, la montre cassée de mon papa que j'avais tenté de cacher sous mon lit, mon arrivée à l'école dans cette immonde robe à col blanc qui avait suscité tant de rires, mon zéro pointé en dictée en CM1, mon premier râteau en 6e... Le sentiment de honte qui m'assaille me paraît bien démesuré face à ces anecdotes sans importance. Pourquoi tout ceci émerge-t-il aujourd'hui, brusquement, sans raison apparente ? Mon cœur se serre, mon pouls s'accélère et mon estomac se contracte. Je suis subitement en totale sympathie avec cette fillette d'autrefois. Outre la honte, immense, entière, incommensurable, cette peur de décevoir, cette envie de mourir qui me colle ; mourir plutôt que d'affronter le regard désillusionné de mes proches.

« Je n'aime pas quand tu me mens ! » ;
« Décidément, je ne peux pas te faire
confiance ! » ; « Finis ton rôti, tu seras gentille. »

L'amour est-il donc conditionnel ?

D'autres réminiscences affluent. Cela tourne et
retourne dans mon esprit, avec force, je suis
comme agressée par ce flot d'images et de paroles
intérieures.

Ces épisodes ont-ils vraiment eu un impact si
capital dans la construction de mon identité ? J'ai
l'impression de passer en revue toutes les
humiliations de ma vie. Quel calvaire !

Une boule s'est formée dans ma gorge. Il
faudrait que j'arrive à ravaler tout ça. Cachées
sous le tapis, ces mémoires ne feraient plus de
bruit... Après tout, cela a si bien fonctionné
jusqu'ici.

Mais au lieu de ça, je sens une nausée violente
s'emparer de moi et j'ai juste le temps de me
pencher sur le côté que je me mets à vomir.

Dehors, les mauvaises notes ! Ouste, mes petits
arrangements avec la vérité ! Hors de mon corps,
les moqueries des ados !

Les haut-le-cœur durent un long moment. À
chacun se greffe un de mes cauchemars de
jeunesse... Et l'adulte d'aujourd'hui est pleine de
compassion pour l'enfant d'hier.

Doucement, le malaise reflue. Je me sens

comme une plage à marée basse : calme, lisse, vide et pleine à la fois.

À mes pieds, un tas d'immondices...

— Eh merde ! C'est dégueu.

Stoïque, Univers s'est arrêté en même temps que moi. Pas gêné pour un sou par mes remontées gastriques malodorantes, il broute tranquillement quelques brins d'herbe à deux pas de là.

Je sors un mouchoir pour essuyer mes lèvres, me rince généreusement la bouche à l'eau...

Heureusement qu'il n'y a personne à l'horizon.

Je m'appuie un instant contre l'âne qui ne semble pas en prendre ombrage. Ma tête tourne encore quelques secondes puis le malaise se dissipe, emportant avec lui ces douleurs enfantines.

Pfff, mais quelle horreur, cette rando !

***

Le reste de la journée se déroule dans une sorte de béatitude absente. Je suis présente sans y être vraiment. Les paysages ne sont même plus analysés par mon cerveau réduit en bouillie. Ça grimpe, ça descend, ça patauge, ça résonne sur le bitume... Et si je n'étais pas vraiment là, si tout n'était qu'illusion ?

Quand la faim arrive, je me rends compte qu'il est déjà tard, trop tard, pour faire une simple pause, peut-être un peu tôt pour chercher un bivouac ?

Le prochain est indiqué à environ cinq cents mètres de notre position. Après tout, ce sera plus cool qu'hier et ça m'évitera peut-être de faire la même bourde avec le mousqueton...

Le pré est à proximité d'un petit groupe de maisons. Je crois que c'est parmi elles que se trouvent les propriétaires. Noémie m'a laissé leurs coordonnées, mais je n'ai vraiment pas envie de voir qui que ce soit. Heureusement, un grand bac d'eau fraîche est à disposition. Ce sera largement suffisant pour ma toilette. J'ai la chance d'avoir une bonne nature de cheveux alors les shampoings n'ont pas besoin d'être fréquents.

Le montage du campement se fait avec une fluidité presque irréelle, comme si j'avais fait ça toute ma vie ou... dans une autre vie.

Pendant que l'âne somnole au bout de sa longe, je fais un tour rapide du champ pour m'assurer qu'il est bien clos.

Je vais pouvoir dormir sur mes deux oreilles !

L'eau est vraiment froide, mais la température extérieure est suffisamment clémente pour que je ne frissonne pas lors de la toilette de chat.

Dans un état second, je prends mon repas puis

entame la lecture de *La Prophétie des Andes*. Peine perdue, mes paupières sont bien trop lourdes. Après une dernière visite à Univers, je déclare forfait et file me coucher alors que le soleil brille encore à l'horizon.

Je suis réveillée par la chaleur qui commence à monter sous la toile de tente. Quelle heure peut-il bien être ? Un coup d'œil au portable m'indique qu'il est déjà un peu plus de dix heures. Misère ! Comment ai-je pu dormir si longtemps ? Sans bien comprendre pourquoi, je sens un léger agacement poindre et ça m'énerve encore plus. Ce cercle vicieux me paraît totalement ridicule, pourtant je ne parviens pas à le contrôler. J'ai l'art de me lever du pied gauche sans raison en ce moment ! L'envie d'un anxiolytique me prend, je tente de résister mais cède très vite.

Dehors, Univers m'attend patiemment au bout de sa longe. Ouf, je n'aurai pas à courir après lui ce matin. Enfin une bonne nouvelle. Après l'avoir abreuvé et nourri, je m'occupe de mon petit déjeuner. Mes pensées sont déjà ailleurs. Où, je ne saurais trop le dire, mais ailleurs.

Machinalement, je remballe le campement et harnache mon compagnon. Chaque étape me donne envie de râler : une boucle difficile à passer, un froissement dans la toile de tente, le duvet qui se plie mal...

Il me semble que j'étais plutôt facile à vivre et pleine de gaieté lorsque j'étais enfant. Qu'a-t-il bien pu se passer pour que je devienne cette vieille fille aigrie ?

De nouveaux souvenirs remontent à la surface : une querelle avec ma meilleure amie de primaire parce que je n'avais pas bien joué à l'élastique ; la voix culpabilisante de ma mère après une interro ratée que nous avions pourtant passé si longtemps à réviser ensemble ; mon grand-père me faisant remarquer combien c'était peu distingué pour une fillette de s'asseoir les jambes écartées ; ma grand-mère démêlant mes cheveux avec un « il faut souffrir pour être belle, serre les dents ! » ; mon père ne remarquant même pas tout le rangement effectué, mais pointant le fait que j'avais omis de nettoyer la vaisselle ; l'angoisse à l'idée d'entamer une nouvelle semaine de collège où les garçons riraient encore de moi...

Mon enfance m'avait toujours paru si douce et lisse. Ces petits achoppements sans importance peuvent-ils vraiment suffire à détruire une part de confiance ?

Si mon esprit semble se débattre depuis mon réveil, mon corps est comme libéré de toute contrainte ce matin, car l'itinéraire se révèle beaucoup plus facile, avec un terrain peu vallonné. J'arrive avant midi dans un petit village, Coulouvray-Boisbenâtre, et la supérette est ouverte. Un peu hésitante, je finis par attacher l'âne aux grilles entourant les stocks de bouteilles de gaz. Ça a l'air solide et Univers n'est pas du genre à tirer au renard.

Parler avec la vendeuse me semble à la limite du surmontable. Sourire, échanger quelques banalités autour de la météo, répondre à ses questions au sujet de mon périple... J'ai juste l'envie de m'enfouir dans un trou et que le monde entier m'oublie.

Dès que possible, je me sauve et reprends la route. La suite de l'itinéraire emprunte des nationales et des départementales. Les voitures nous frôlent, c'est particulièrement désagréable. Heureusement que ces routes restent malgré tout peu passagères.

Quand enfin je quitte la zone goudronnée pour un sentier, je décide d'établir mon bivouac pour le midi. Comme d'habitude, je commence par m'occuper de l'âne avant de me poser enfin dans l'herbe.

Au même moment, un randonneur chargé d'un immense sac à dos apparaît à l'est.

— Je peux me joindre à vous ? demande-t-il d'une voix grave aux sonorités presque rauques.

Mon esprit hurle un non impétueux, mais mon corps n'en a cure et je me sens hocher la tête en signe d'assentiment. Il me sourit et s'installe à mes côtés, posant son chargement encombrant devant lui, entre ses longues jambes. Il doit avoir mon âge à peu près. Ses cheveux d'un châtain très foncé parsemés de fils argentés forment quelques boucles larges. Ses yeux verts apportent une touche de mystère à son visage étroit. Sa pomme d'Adam est saillante dans son cou et je la vois monter puis descendre tandis qu'il avale sa salive. En même temps que la contrariété, une pincée de curiosité commence à naître en moi. Je lui trouve un petit air de Thomas Fersen et j'ai toujours trouvé ce chanteur plein de charme.

Pendant qu'il sort son pique-nique, il entame la conversation avec nonchalance.

— Vous êtes de la région ?

— Pas du tout, je suis tourangelle. Et vous ? demandé-je autant par politesse que par réel intérêt.

— Non plus, j'habite dans le Nord, à deux pas de la frontière belge.

C'est vrai qu'il a un petit accent assez caractéristique. Je ne saurais dire si je trouve ça mignon ou limite plouc...

— Vous êtes partie de Tours avec votre âne ?

Je m'empresse de le détromper et lui explique en quelques mots mon périple. Je parle vite, comme pour me débarrasser et lui refiler plus rapidement la patate chaude. De son côté, il n'a pas l'air gêné à l'idée d'expliquer son voyage. Il expose sa vie avec un naturel déconcertant et le pire, c'est que cela me réjouit. Ainsi, il randonne sur les chemins de Saint-Michel depuis déjà une semaine. Il m'explique qu'il a commencé à Caen où l'un de ses amis possède un appartement.

— Cela fait deux ans maintenant que ma femme est décédée, j'avais besoin de me retrouver un peu, m'explique-t-il comme s'il annonçait qu'il a acheté des bananes.

J'ignore comment réagir, mais il n'a pas l'air d'attendre quoi que ce soit de moi. D'une main distraite, il frotte sa joue droite mangée par une barbe de quelques jours.

— Pour le moment, l'expérience est plutôt positive, je dois dire. Cette marche me fait un bien fou ! J'imagine qu'il en est de même pour vous. La dimension thérapeutique est vraiment bénéfique.

Je ne sais pas trop quoi répondre, y a-t-il une dimension thérapeutique dans ce périple ? Est-ce que vomir en pleine nature et pleurer sans en comprendre les raisons ont un mystérieux pouvoir de guérison ? Et puis pour guérir quoi ? Je ne suis pas vraiment malade, après tout.

Un peu perdue, je me contente de hocher la tête tout en croquant dans un nouveau mini-saucisson. Je lui tends le paquet mais il refuse d'un geste léger. Il a de jolies mains. Elles semblent douces et ses doigts sont longs. « Des mains de pianiste » aurait dit ma grand-mère. Je sens mon trouble s'accentuer. Je dois être furieusement en manque pour réagir comme une midinette au premier mec que je croise. Je me désespère moi-même...

— Vous faites quoi dans la vie ? demandé-je finalement tout en me maudissant intérieurement.

« Ce qu'il fait dans la vie », tu parles d'une question bateau ! En plus, j'ai toujours détesté cette expression. Comme si notre métier représentait notre vie.

Mais il ne semble pas prendre ombrage de cette formulation, son visage arbore un sourire serein quand il me répond :

— Je suis sage-femme en libéral.

Merde, il est sûrement gay refoulé. En même temps que cette pensée automatique apparaît dans ma tête, j'ai une furieuse envie de me coller des baffes. Comment se fait-il que mon cerveau soit ainsi conditionné pour produire de telles merdes sexistes et homophobes !?

— Ah oui !? J'imagine que tout le monde vous dit ça, mais c'est vraiment très original pour un homme. On utilise le terme « sage-femme » quand même ?

— C'est vrai que nous ne sommes pas très nombreux. « Sage-femme », ça veut dire en quelque sorte « celui qui détient la sagesse, c'est-à-dire la connaissance, de la femme ». Enfin, du fonctionnement de son corps surtout.

— Et en libéral, vous faites quoi ? Je pensais que vous travailliez exclusivement en maternité.

— C'est assez large, en fait, je m'occupe des suivis gynécologiques classiques, dont la contraception, et aussi de tout ce qui touche aux suivis des grossesses physiologiques : l'accompagnement de la grossesse, les accouchements en plateau technique ou à domicile, la période postnatale...

— Accoucher à domicile ! Quelle drôle d'idée ! Ça doit être super dangereux !

Un petit sourire narquois apparaît au coin de ses lèvres. J'imagine que c'est une réflexion qu'il entend souvent et je me sens un peu bête d'avoir parlé si vite.

— En fait, c'est une pratique très sûre. Je pourrais vous parler de l'aspect technique, du fait que l'on échappe à bien des soucis induits par les protocoles médicaux, mais ce n'est pas le plus important pour moi. Quoi de plus juste que d'accueillir une nouvelle vie en toute simplicité ? Quoi de plus beau que d'accompagner une femme à devenir mère, loin des pièces aseptisées d'une maternité...

— Mais du coup, elles ne peuvent pas avoir la péri, pourquoi se priver de ce confort et faire le choix de la souffrance ? Faut être un peu maso, quand même !

— Chaque femme a ses raisons propres : envie de naturel, sentiment de sécurité plus important à son domicile, volonté de vivre une rencontre intime et sereine, besoin de mouvement ou de sentir l'enfant pour mieux l'escorter, tentative de « réparer » une naissance mal vécue en hôpital, simple défi nécessaire pour certaines afin de se sentir pleinement mère et capable...

« En tant que sage-femme intervenant à la maison, je vais tenter de cerner ces besoins pour mieux les respecter. Je suis le garant de la sécurité, celui qui doit permettre un lâcher-prise par sa simple présence, en intervenant le moins possible. Chaque naissance devient un voyage, je suis le témoin des espoirs, des obstacles, des doutes... puis des premiers regards, des nouveaux départs et des promesses d'avenir.

Je reste un moment silencieuse suite à ce monologue. Ça me paraît réducteur. Je ne parviens pas à faire le fameux « pas sur le côté » qui me permettrait d'appréhender tout ceci avec un nouveau regard. Je demeure persuadée que ces femmes qui veulent accoucher chez elles sont au moins à moitié frappadingues. Je ne peux empêcher une petite voix de penser : « C'est bien un mec pour présenter les choses ainsi ! Il s'en fout, c'est pas lui qui douille ! ». Mais est-ce vraiment lui, la victime du patriarcat ?

Je finis par lâcher :

— De toute façon, je n'ai pas d'enfant et n'en souhaite pas alors, ma foi... Ça ne me regarde pas vraiment tout ça... Vous en avez, vous ?

— J'en ai trois, oui, répond-il avec un grand sourire et les yeux qui pétillent. Ils sont grands maintenant, je les ai eus assez tôt. Mon aîné a déjà vingt-et-un ans, ma cadette dix-neuf et mon benjamin dix-sept. Je n'en reviens pas à chaque fois que je le dis !

Il doit être un peu plus vieux que moi quand même, pensé-je en faisant un bref calcul dans ma tête. Vacherie, pour un peu, il sera bientôt grand-père. Ça me fiche un coup d'imaginer ça. Je me sens en décalage complet avec ma vie de célibataire, mon petit appart et ma solitude.

J'essaie tant bien que mal de cacher mon malaise et lui demande quelques précisions sur les études de chacun. Il parle mais je n'écoute pas vraiment, j'ai l'impression d'être extérieure à la scène. J'ai chaud et froid en même temps, comme si j'allais faire un malaise d'un instant à l'autre. La nectarine dans laquelle je croque n'est pas assez mûre, mais le sucre qu'elle contient malgré tout me fait du bien. Je raccroche peu à peu au réel. La voix de mon interlocuteur paraît se rapprocher. Je me rends compte que je ne connais même pas son prénom. Il me demande quel itinéraire j'emprunte cet après-midi puis me propose de faire route ensemble puisque nos chemins se suivent pendant les huit kilomètres à venir. Emmanuel, il s'appelle Emmanuel. Ça lui va bien.

Il est très curieux pendant que je m'occupe d'Univers et me pose mille questions sur le bâtage. Je lui réponds tant bien que mal avec mes maigres connaissances. Il s'émerveille de tout et me fait penser au gamin rencontré près de la chapelle de Montfort. Ainsi, on peut être adulte et avoir gardé ce fonctionnement, cet enthousiasme pour les petites choses ?!

L'après-midi file en un souffle. Pour un peu, il parviendrait à m'entraîner avec lui dans cette joie de vivre enfantine. Ça fait du bien, un bien fou. Cela faisait une éternité que je n'avais pas ressenti un tel bien-être.

Bientôt, nos chemins se séparent. Dès qu'il s'éloigne, la fatigue s'abat sur moi comme une chape de plomb. L'allégresse me quitte quand sa silhouette disparaît de mon champ de vision. Un coup d'œil à ma carte m'indique un bivouac possible à quelques centaines de mètres. Je saute sur l'occasion. Cette fois-ci, c'est chez une certaine Germaine Levillain ; je vais avoir droit à une douche et même à un lit, apparemment. Lorsque j'arrive, une mamie toute courbée sort de son potager, une binette à la main. C'est la fameuse Germaine. Je me présente en quelques mots et elle paraît ravie de ma venue. Univers se retrouve bien vite dans un paddock confortable avec de l'herbe jusqu'aux genoux. Il a l'air content de mon choix.

De mon côté, je suis invitée à m'asseoir le temps d'un café. La maison, assombrie par de nombreuses boiseries, est d'une propreté impeccable. Pas une miette de poussière sur les meubles, pas une motte de terre au sol bien que nous soyons en pleine campagne. J'admire le travail de cette dame si âgée qui vit seule ici. Elle se montre adorable et pleine d'énergie. Son rire retentit sans cesse derrière son visage ridé comme une vieille pomme. Ma tasse à peine reposée, elle me propose d'aller prendre une douche pendant qu'elle prépare le dîner. J'accepte avec joie. Son dynamisme est contagieux, je me sens à nouveau remplie de vitalité.

La salle de bain est aussi nickel que le reste du domicile. La faïence rose est par contre d'un kitsch hallucinant ! « C'est d'époque », dirait ma mère. L'eau presque brûlante délasse mes muscles endoloris. Je me rends compte que je ne les ai presque pas sentis cet après-midi. J'étais portée par une gaieté que je pensais perdue depuis longtemps. Je repense à Emmanuel, à ses mains, à son sourire toujours plus accentué au coin de sa lèvre, à sa voix grave légèrement éraillée... Merdum, je crois que j'ai vraiment craqué sur ce type ! Il n'a pourtant rien fait pour me séduire et nous n'avons passé que quelques heures ensemble. C'est un peu rapide, je m'emballe... De toute façon, nous nous sommes quittés sans même échanger notre Facebook.

Quelle naze je fais.

***

Germaine s'est mise en quatre, elle a sorti les assiettes des grands jours, les couverts en argent et même une bouteille de cidre de sa production. Pendant que je me lavais, elle a préparé un repas digne des fêtes. Je me régale et le lui répète à plusieurs reprises. Le rose lui monte aux joues devant ce compliment.

Tant de bonheur dans de si petites choses...

Même la vaisselle se révèle un moment de plaisir.

Bien vite, la fatigue doit se lire sur mon visage et elle m'envoie au lit comme un enfant récalcitrant.

— De toute façon, j'suis pas ben du soir, moi. J'me couche comme les poules pis j'me lève comme elles aussi ! Alors ça m'arrange ben si tu vas dormir ! lance-t-elle avec son fort accent campagnard.

Elle m'embrasse affectueusement comme si j'étais sa petite-fille et je file.

Le lit est un peu mou, mais tellement plus confortable que ma mini tente. Je ne parviens pourtant pas à trouver le sommeil. Cette journée m'a semblé durer à la fois un siècle et une seconde. Elle repasse en boucle dans ma tête. Germaine, si vieille, si seule, et en même temps si joyeuse. Emmanuel, déjà veuf, mais si plein d'émerveillements. C'est quoi, leur secret ? Pourquoi je ne parviens pas à être heureuse moi aussi ?

Le soleil est encore couché mais je me réveille déjà. Je n'ai presque pas dormi. Quel dommage d'avoir gâché ce qui sera probablement ma seule nuit dans un lit pendant ce périple ! Je sens que je ne retrouverai pas le sommeil, inutile de traîner plus longtemps. Je me lève et commence à ranger mes affaires.

Bien vite, j'entends du bruit dans la cuisine. Germaine est debout elle aussi. Sûrement en train de préparer le petit déjeuner. Lorsque j'arrive, elle moud le café et l'odeur délicieuse emplit la pièce. Elle m'accueille avec un sourire merveilleux. Je me sens soudainement importante, c'est agréable.

Avec quelque difficulté, je quitte ce havre de paix alors que l'aube tarde encore à venir. Je préfère anticiper le besoin d'une sieste dans la journée et partir à la fraîche. Ils annoncent de grandes chaleurs aujourd'hui. La brume matinale n'en laisse rien présager pour le moment.

L'itinéraire longe une voie de chemin de fer que nous avons déjà suivie pendant près d'un kilomètre hier. Les trains n'y sont pas très fréquents.

Nous passons bientôt à proximité d'immenses bâtiments visibles de l'autre côté du rail et d'une départementale. Univers semble très nerveux. Un regard à ma carte m'en explique la raison : il s'agit d'abattoirs. Il doit sentir l'odeur de la mort qui flotte dans l'air. Il est probablement plus sensible que moi pour tout ça. Je pose une main apaisante sur son encolure.

— Là, mon bonhomme. Tu ne risques rien, toi.

Dans son regard triste, je lis comme une immense compassion.

Allons, je dois sûrement me l'imaginer...

Après quatre kilomètres de marche tranquille, j'arrive à la gare de Villedieu-les-Poêles. Je vais quitter mon tracé le temps de quelques emplettes en ville. Le soleil a fini par se lever et darde ses rayons entre les bras de brume. Nous marchons sur le trottoir et descendons vers le bourg. En face de nous se déroule une campagne vallonnée, un petit clocher s'élève au loin. À notre gauche, la ville des fondeurs. C'est ici que l'on a fabriqué les cloches de Notre-Dame de Paris. Je n'en savais rien encore hier. C'est Germaine qui me l'a raconté ce matin.

Au feu, nous traversons sous le regard amusé des automobilistes. Je voulais faire un tour à la supérette, mais elle n'ouvre qu'à neuf heures et il en est à peine huit.

Bon, on va faire un tour en ville, on tombera

bien sur un truc.

C'est mignon comme patelin, avec sa rivière, ses vieux bâtiments et son église. Je trouve finalement mon bonheur dans une boulangerie. Un lampadaire me permet d'attacher Univers, je commande un casse-croûte ainsi qu'une tartelette pour mon dessert. La vendeuse est très sympathique et nous papotons plusieurs minutes. La présence de l'âne devant la vitrine est un sujet de conversation tout trouvé. Bientôt, une cliente se mêle à nos échanges. Tout le monde repart avec le sourire. Je flâne un peu, laisse un gamin papouiller Univers, discute avec quelques personnes âgées en chemin... Tant et si bien qu'à mon retour, le Leader Price est ouvert ! J'en profite pour acheter des fruits ainsi qu'une conserve de raviolis pour ce soir. Mon compagnon en sabots m'attend sagement, comme à son habitude, près des caddies.

Alors que nous reprenons la route, mon cœur fait un léger bond dans ma poitrine. Là, juste en face de nous, la silhouette d'Emmanuel apparaît. Il m'adresse un signe de main, un sourire avenant, et traverse la rue pour nous rejoindre.

— Bonjour, Amélie, bonjour, Univers ! Quel charmant hasard ! Est-ce que nous avons quelques kilomètres en commun encore aujourd'hui ?

Je sens un air béat s'accrocher à mon visage lorsque je me rends compte que nous avons une bonne quinzaine de kilomètres à partager. Non mais vraiment, je dois avoir une tête d'adolescente énamourée. J'espère qu'il ne se rend compte de rien. C'est ridicule.

Il semble content lui aussi. Est-ce que je lui plais un peu quand même ? Bon, je ne vais pas me mettre la rate au court-bouillon, juste essayer de profiter de ces heures passées en sa présence. Si ça se trouve, je vais déchanter aujourd'hui, me rendre compte que c'est un gros beauf...

Pour quitter la ville des cloches, nous empruntons une petite route très en pente, avec un beau lacet, comme en montagne, puis récupérons un sentier après l'hippodrome et la voie de chemin de fer. Très vite, le paysage disparaît alentour. Ne reste que la voix aux accents rauques d'Emmanuel ainsi que son rire franc. Nous passons d'une discussion à une autre, alternant sujets sérieux et plus légers. J'apprends ainsi qu'il a décidé de poursuivre sa marche après le Mont-Saint-Michel et d'aller jusqu'à Dinan où il doit assister à des concerts de harpes celtiques. Il m'explique que sa femme était harpiste amatrice et qu'ils avaient souvent évoqué l'idée de se rendre à ce festival international. Cela ne s'était jamais fait. Ils n'avaient pas su provoquer l'événement. Avec un bonheur serein, il m'explique que c'est maintenant chose faite.

— Je regrette bien sûr d'avoir attendu qu'elle ne soit plus là pour entamer les démarches, mais je suis fier de pouvoir entreprendre ce voyage malgré tout. Et puis c'est autant pour sa mémoire que pour moi. J'aime le son de cet instrument et je me réjouis de découvrir la ville de Dinan. Il paraît que c'est magnifique.

— Je ne connais pas du tout ce coin-là ni les harpes d'ailleurs. Je crois que je serais incapable de reconnaître le son de cet instrument ! En même temps, j'ai une très mauvaise oreille. Même si j'aime écouter de la musique...

— Si ça peut te rassurer, le musicien de la famille, c'était ma femme. Mes enfants et moi sommes de vrais maladroits avec un instrument entre les mains. On a tous tenté et lamentablement échoué ! Ni sportifs ni artistes mais on fait avec quand même ! s'amuse-t-il.

— Ouf, tu me rassures, je me sens moins seule !

« Vous vous connaissiez depuis longtemps avec ta femme ? ne puis-je m'empêcher de demander en espérant ne pas être trop intrusive.

— On avait dix-huit et dix-neuf ans, donc ça date un peu, oui. On s'est rencontrés dans une manif. Ça sonne un peu comme une chanson de

Renaud, hein !? À l'époque, on était activistes dans la protection animale. Fichés écoterroristes, rien que ça ! C'était une sacrée époque, crois-moi.

« On a un peu changé notre manière de militer quand on a eu nos enfants... ajoute-t-il avec une moue presque nostalgique.

— Vous aviez participé à quelles actions pour vous retrouver surveillés ?

— On avait libéré les animaux d'un laboratoire ainsi que ceux d'une ferme... Ah, ça pimentait les études, y'a pas à dire ! Maintenant, je pense que les opérations d'information sont plus efficaces pour faire bouger les consciences. Et puis il y a beaucoup de nouveaux outils depuis l'avènement d'Internet et des réseaux sociaux. Ça a énormément changé la donne.

— Et tu protèges quels animaux ?

— Tous ! Je suis fondamentalement antispéciste.

C'est la première fois que j'entends ce terme. Il doit percevoir mon air dubitatif, car il s'explique aussitôt :

— C'est-à-dire que je considère que toutes les espèces animales méritent la même considération. Je ne fais aucune différence entre un chien et un cochon ou une poule. J'aimerais que chaque être vivant puisse bénéficier des mêmes droits : vivre libre, sans souffrance, dans le respect de sa nature profonde.

Je reste silencieuse. Cela me paraît bien extrême. Mettre les animaux au même plan que les hommes, c'est tout à fait excessif.

— Tu es végétarien, alors ?

— Végétalien, et même végane, je ne consomme ni n'achète aucun produit d'origine animale : ni lait, ni œuf, ni laine...

Je jette un œil curieux, presque inquisiteur, à ses pieds. Ses chaussures de marche n'ont pas l'air de contenir de cuir, en effet. Ça ne doit pas être facile à trouver.

— C'est compliqué, ça, j'imagine... Et pour la santé, c'est quand même dangereux !?

— Compliqué, oui et non. Le jeu en vaut la chandelle. Il suffit de prendre l'habitude de regarder la composition de tout ce qu'on achète. Et puis avec le temps, on finit par consommer un peu toujours de la même manière, donc ça va vite. Le plus difficile, c'est à l'extérieur. Comme en ce moment, si je veux sortir au restaurant, c'est un peu mission impossible... Ou je termine avec un « frites-salade » pas très original ! Dans les grandes villes, on trouve plus facilement des endroits qui proposent des menus adaptés, mais en pleine cambrousse...

« En revanche, niveau santé, il n'y a vraiment pas de souci. Je suis végétarien depuis ma naissance – j'ai eu la chance d'avoir des parents déjà bien informés – et végétalien depuis mes seize ans. Mes enfants le sont restés tous les trois. Nous nous portons comme un charme.

Je fouille dans ma mémoire... Il existe forcément une donnée scientifique pour le contrer, ça ne peut pas être aussi simple, quand même !

— Et pour les carences en vitamines ? Tous les nutritionnistes sont formels : la viande est nécessaire pour un bon développement.

— On voit que tu es prof de SVT et que tu connais un peu le sujet ! lance-t-il avec un rire franc. On me parle rarement des vitamines, mais plutôt des protéines. D'habitude, je surfe avec le cri de la carotte, le lion et la gazelle ainsi que « la nuit des temps » et « oui, mais c'est trop bon » !

« En fait, les nutritionnistes sont pas mal influencés par les lobbies, malheureusement. En dehors de la B12 — que les omnivores consomment parce que les animaux sont supplémentés — il n'y a rien que l'on ne puisse trouver dans les végétaux.

Mon cerveau bloque, je repasse tous mes cours à la recherche d'une faille. Mince alors, ça se défend tout ça. Et puis c'est vrai que les bêtes sont supplémentées ; le plus souvent, en tout cas. Je vois bien que je n'ai aucun argument rationnel à opposer. Il doit bien y en avoir, pourtant ! Je ne me sens pas très à l'aise en vrai. J'ai bien envie de répliquer un truc, juste pour faire taire ce malaise...

Ma main se pose sur le museau tout doux d'Univers.

Comme s'il avait senti ma gêne, Emmanuel se porte à mon secours et change complètement de sujet pour me faire remarquer la beauté d'un arbre à notre gauche. Je respire enfin.

Bon, récapitulons nos échanges des derniers jours... Ce type est sage-femme, végé, amoureux de ses gosses et des animaux, visiblement féministe, fan de harpes celtiques, prévenant et j'en passe sûrement. Sous l'angle des clichés, ça fait pas très viril tout ça. Et pourtant, sous l'angle de « maintenant, à l'instant T »... j'ai juste envie de lui.

Il faut vraiment que j'arrête avec ce délire de midinette !

Remarque, moi qui suis d'habitude abonnée aux gros lourds un peu machos, ça me changerait. Bon, calmons-nous, je ne le connais que depuis vingt-quatre heures. Mais après tout, on est adultes. On n'est pas obligés de se fréquenter pendant trois siècles avant de passer à l'acte, si ?

En même temps, je ne vais pas lui sauter dessus comme ça. Rha... Je me sens vraiment stupide, une vraie ado ! Comment faire, comment présenter le truc pour être sûre de garder le contact ? De le revoir ? La carte de France apparaît dans ma tête : Nord/Val de Loire. Ça fait une sacrée trotte quand même.

Stop ! Je m'emballe, là. Déjà, je ne l'intéresse peut-être pas, et puis quand bien même, on ne va pas tirer des plans sur la comète. Aujourd'hui, j'ai surtout envie d'être moi, indépendante et fière. Alors, pas besoin de m'encombrer avec un mec.

Mais un câlin et quelques douces paroles de temps en temps, c'est un programme qui me plairait bien, il faut avouer...

Le temps file si vite en compagnie d'Emmanuel. Il est déjà l'heure de trouver un lieu pour pique-niquer. Nous n'avançons pas très rapidement en revanche, car il s'arrête souvent pour observer une fleur, un paysage, prendre quelques photographies. Il disait ne pas être artiste, mais je vois bien que le regard qu'il porte sur le monde l'est. À certains moments, j'ai l'impression qu'il a le même pour moi. Sûrement un fantasme, malheureusement.

Pendant que je termine de m'occuper d'Univers, il installe notre espace repas en dépliant son manteau puis m'invite à m'y asseoir. En sortant mon sandwich au jambon cru, je me sens un peu coupable. Je pense au cochon. Et si Emmanuel avait raison, dans le fond ? Est-ce que je pourrais manger ce sandwich s'il contenait de l'âne ou du chat ? Pas sûr. Mais je ne connais aucun porc, alors c'est plus facile, forcément. C'est fou, j'ai l'impression que c'est la première fois que je vois ma viande comme un morceau d'animal mort. J'ai un peu du mal à déglutir, ce midi.

Eh merde, je ne vais quand même pas devenir végétarienne pour les beaux yeux d'un inconnu !

Alors que j'entame ma tartelette – un vrai délice – le sujet de conversation revient sur sa femme. Comment en sommes-nous arrivés là ? Elle m'agace, cette nana, elle a beau être morte, son ombre plane sans cesse au-dessus de nous. Quand on écoute Emmanuel, on n'a vraiment aucun doute sur l'amour, voire l'adoration, qu'il lui portait. Bordel, je vais finir par être jalouse !

Vingt-quatre heures, me raisonné-je, ça fait vingt-quatre heures que tu le connais, ce type. Il faut vraiment que tu arrêtes avec tes fantasmes à la con.

C'est ça, un coup de foudre ?

Ou c'est juste parce qu'ici, sur cette fameuse Route des chiffonniers, j'ai l'impression d'être hors du temps et libre de laisser cours à mes sentiments ?

Ainsi, c'est dans un accident de voiture qu'elle a disparu. Une mort brutale, injuste – comme toutes les morts.

Je pense aux amis et à la famille que j'ai perdus. Le grand gagnant au loto des trépassés, chez moi, c'est le cancer. Champion toutes catégories confondues ! Fichu crabe...

La conversation évolue, on parle de mon boulot. J'évoque tout ce qui me pèse, ce système de l'Éducation nationale dans lequel je ne me reconnais pas. L'impression de devoir faire rentrer les ados dans des cases à grands coups de chausse-pied. Tous mes doutes y passent. Il m'écoute avec grand intérêt. Puis, alors que je me tais enfin, il dit juste :

— Tes élèves ont de la chance de t'avoir.

Je reste interdite. Je viens de lui expliquer que je bâclais mon taf et lui, il arrive à me sortir ce compliment immérité. Il a vraiment l'air d'y croire, en plus. Ce type est un ange, ce n'est pas possible. En fait, je rêve et c'est mon inconscient qui l'a créé pour me passer la pommade. C'est la seule explication cohérente.

Le soleil chauffe agréablement à travers les feuilles. Étant donné mon insomnie, j'ai un vieux coup de barre d'après repas. Tout doucement, je me sens sombrer, une petite sieste serait idéale. Univers et Emmanuel sont partants. Nous devons avoir fière allure à roupiller tous les trois sur le bord du chemin, à l'ombre des noisetiers !

Lorsque nous reprenons la route, l'après-midi est déjà bien entamé. Notre itinéraire suit principalement la voie ferrée et une rivière. J'aime beaucoup le nom de la commune sur laquelle nous cheminons : La Lande-d'Airou. Ça a un côté fantastique. Ou bien c'est cette marche qui est fantastique, je ne saurais trop dire. Je repense combien je me sentais mal quelques jours en arrière. Est-ce juste la présence d'Emmanuel qui me donne des ailes ? Celle rassurante d'Univers avec son pas lent, mais rythmé ? Le fait de n'avoir rien à penser si ce n'est suivre les sentiers ?

Peu importe au final, pour la première fois depuis bien longtemps, je décide de profiter de l'instant présent, d'oublier tant le passé que le futur.

***

J'ai monté mon bivouac avec l'aide d'Emmanuel un peu après le lieu-dit « L'hôtel Vallet ». Il est ensuite parti déposer ses affaires dans la chambre qu'il a réservée à proximité, dans un gîte de cow-boys. Apparemment, ils ont aussi des roulottes et des tipis, là-bas. Ça doit être plutôt marrant.

En attendant le retour du sage-femme, je dispense à Univers un second pansage. Il a l'air d'apprécier et ça me fait plaisir de lui faire ce massage. Après tout, c'est lui qui se tape le plus gros du boulot avec mes bagages à trimballer. Je me demande s'il aime marcher à mes côtés comme ça ou si ça le gave. Il y a une telle bienveillance dans son regard en cet instant. Il ressemble à un vieux sage et son avis m'est soudain important. J'aimerais pouvoir communiquer plus amplement avec lui. Ses yeux se plissent, je me sens profondément reliée à son âme. Ça sonne un peu mystique, mais c'est vraiment ça.

Un bruit de pas derrière, la magie se brise.

Emmanuel est de retour, mon estomac se met à grogner avec force et ça le fait rire. Il m'a promis un repas végane ce soir.

— Je crois qu'il faut que je me mette au boulot avant que tu ne défailles ! Alors, c'est où la cuisine, ici !?

Le pauvre, préparer un dîner sur le réchaud de camping, ce n'est pas très cool. Même s'il est bon cuisinier, ça reste un beau défi.

Malgré la journée passée à échanger, nous ne sommes pas à court de discussions. Pendant qu'il découpe, mélange, fait mijoter... nous n'arrêtons pas.

— Bon, côté cuisson, j'espère que ça va être correct. Dans la gamelle en alu, c'est pas le top, il faut avouer. Un jour, je te ferai quelque chose d'un peu plus abouti avec de vrais ustensiles.

Mon cœur fait un bon... Il a vraiment envie que nous gardions le contact ?! Je me liquéfie de joie, un peu comme dans Amélie Poulain sauf que j'essaie de faire en sorte qu'il ne se rende compte de rien. Il ne manquerait plus qu'il s'aperçoive que j'ai le béguin comme une prépubère face à un boys' band... Oui, bon, je sais, c'est pas très « in », ma référence, mais j'ai l'âge que j'ai, hein !

Une demi-heure plus tard, nous passons « à table ». Si j'avais encore un espoir de lui trouver des défauts, c'est vraiment raté, en dépit des moyens limités, il a réussi à concocter une vraie tuerie.

— Mmmm, je me damnerais pour manger comme ça plus souvent ! ne puis-je m'empêcher de lancer en terminant ma dernière fourchetée.

Il arbore un sourire ravi et ses yeux pétillent comme ceux d'un enfant.

— J'adore préparer à manger quand c'est pour partager. Il faut bien que j'aie un petit talent quand même ! ajoute-t-il, comme s'il n'en avait pas d'autres...

Dans le pré où je bivouaque ce soir, un point

d'eau me permet de faire rapidement la vaisselle, avant que tout n'accroche dans les gamelles. J'en profite aussi pour remettre à boire à l'âne. Comme d'habitude, il plonge ses nasaux dans le seau, plus pour me faire plaisir que pour se désaltérer. C'est un vrai dromadaire, cet animal !

Nous nous installons ensuite devant la tente et continuons à parler tandis que le jour décline doucement. Un train passe sur la voie ferrée à proximité. Un léger silence s'installe, pas un malaise mais presque. Je réprime un bâillement.

— Allez, je vais rejoindre ma chambre. Il faut que nous dormions quand même !

Il se redresse puis se penche vers moi pour me souhaiter une bonne nuit. Ses yeux verts scintillent à la lueur de la lampe torche. Il semble hésiter puis dépose un baiser chaste sur mes lèvres.

— Puis-je me joindre à toi, demain ? demande-t-il ensuite en s'écartant, l'air peu sûr de lui.

Je hoche la tête en signe d'assentiment. J'aimerais le retenir, mais je reste plantée comme une cruche tandis qu'il s'éloigne.

Mon cerveau bugge un temps indéfini, je goûte encore et encore le contact de sa bouche contre la mienne.

Youhou ! Me voilà bel et bien redevenue ado ! J'ai l'impression que c'est mon premier baiser. Je me sens complètement débile mais Dieu, que ça fait du bien ! Je plais à Emmanuel !

Serais-je finalement aimable ?

Avec des étoiles dans les yeux et des papillons dans le ventre, je file me coucher. Cette fois-ci, je m'endors en un rien de temps, sûrement bercée par une cargaison d'ocytocine...

C'est le soleil qui me réveille, assez tôt. Malgré mes muscles endoloris par la nuit passée sur mon maigre matelas autogonflant, je me sens une pêche d'enfer. Probablement à l'idée de partager une nouvelle journée avec Emmanuel. J'ai l'impression de profiter d'une parenthèse bienheureuse, un peu comme un rêve. Le retour à la réalité risque d'être difficile, mais pour le moment, je n'en ai cure. L'instant présent, on a dit, diantre ! Je souris. J'adore utiliser de vieilles expressions. En fait, j'adore me parler à moi-même. Je me demande si tout le monde fonctionne ainsi ou si je suis la seule débile à dialoguer seule...

Au cas où le sage-femme arriverait rapidement, je commence par un brin de toilette avant d'enfiler des vêtements frais. Ensuite seulement, je daigne m'occuper d'Univers – désolée mon vieux – puis prendre mon petit déjeuner.

Il arrive finalement alors que je commence à plier bagage.

— Bonjour, Amélie ! As-tu bien dormi ?

Il pose une main sur mon épaule, ses yeux cherchent une approbation dans mon regard. Il a dû lire mon énorme OUI car il m'embrasse à nouveau. Avec une grande douceur. Je ferme les paupières et savoure.

Je le laisse s'écarter à regret. J'aurais bien pris plus, mais je ne veux pas aller trop vite. C'est déjà beaucoup trop rapide quand on y pense. On se croirait dans un Harlequin. Quoique... c'est même moins compliqué que dans un livre de ce genre. Enfin, je crois, je n'en ai jamais lu, mais c'est l'idée que je m'en fais. Et puis, après tout, pourquoi les sentiments devraient-ils être compliqués ? Pourquoi devrions-nous les ralentir juste parce que « ça ne se fait pas ». Aujourd'hui, visiblement, nous avons tous les deux envie de partager des moments ensemble et de la tendresse. Si cela ne doit durer que deux jours, ça ne durera que deux jours. Rien ne sert de chercher plus loin.

— Je peux t'aider ? Plier la tente, c'est dans mes cordes, je crois.

À deux, tout est vite rangé et Univers se retrouve bientôt prêt. Je crois déceler un petit air goguenard quand il nous regarde. Il faut dire que nous nous frôlons plus souvent qu'il n'y aurait besoin. On dirait une danse nuptiale. C'est sûrement un peu ridicule, il faut l'avouer, mais ô combien agréable.

— C'est tout bon !? En route !

Il se penche pour étudier ma carte.

— Ton itinéraire est parfait. J'avais envie de voir l'abbaye de la Lucerne et le mien ne passait pas par ce monument. Cela me ferait juste faire un petit crochet pour rejoindre mon gîte ce soir puis te rejoindre à nouveau demain matin... Ça paraît jouable ! Je peux pousser jusque là-bas en ta compagnie ?

— À ton avis ? réponds-je avec un sourire facétieux.

— Je prends ça pour un oui !

Il rit et se penche pour m'embrasser une troisième fois. Je passe une main dans ses cheveux, glisse le long de sa nuque, m'enhardit à effleurer ses lèvres de la pointe de ma langue...

Ouh, j'ai chaud, j'suis un lapin dans un four à micro-ondes !

Mais flûte quoi, Oldelaf, y'a quand même plus romantique comme pensée ! Parfois, j'aimerais que mon cerveau arrête de tourner sans cesse...

Emmanuel s'écarte, caresse ma joue.

— Je suis content d'avoir croisé ton chemin. C'est une belle synchronicité. J'aime la couleur de ton âme.

Ça, c'est un peu étrange comme compliment. Mais je crois que ça me plaît bien alors je lui souris et j'attrape sa main. Univers à ma droite, Emmanuel à ma gauche, le soleil au-dessus de nous, le sentier devant. What else ?

***

Juste avant le petit patelin Le Tanu, nous découvrons le Val d'Airou. Je trouve cet endroit magnifique, notamment le double passage sous la voie ferrée. Nous partageons à voix haute notre émerveillement pour ces lieux à la fois si simples et si intenses. Nous abordons aussi mille et un sujets, depuis les plus futiles jusqu'aux plus profonds. Nos pensées ne se rejoignent pas toujours, mais mon respect pour lui ne cesse d'augmenter. Il est calme et réfléchi mais aussi passionné ; plein de joie enfantine mais aussi de réflexion et de rigueur. Il allie avec grâce toutes ces facettes, en toute humilité. Je dois lui paraître bien fade en comparaison. Pourtant, il me regarde avec tendresse, peut-être même avec une once de gourmandise. Ma foi, je veux bien me transformer à l'instant en cupcake végane si ça le décide à me croquer !

Au village suivant, nous nous arrêtons à la boulangerie pour prendre du pain. Une petite mamie nous hèle depuis l'autre trottoir puis nous bombarde de questions. Elle a une voix un peu agressive mais ses propos, au premier abord aigris, sont finalement d'une relative bienveillance. Un étrange personnage. Deviendrai-je comme elle avec l'âge ? Aussitôt, je repense à Germaine, seule mais si heureuse, au moins en apparence... Quelle personne âgée serai-je ? Qui suis-je aujourd'hui ? Un être désabusé ? Une femme triste qui se cache sous un masque affable ?

Et si je n'étais qu'un être humain en train de jouer à cache-cache avec lui-même ? Il me semble que je me cherche depuis ma naissance sans parvenir jamais à me trouver. Ces reflets de moi n'ont toujours été que de pâles copies. Je suis un imposteur, une comédienne. Je n'ai jusqu'à présent existé que par le prisme de mes proches : de mes parents, de mes amis, même de mes professeurs... À quel moment ai-je vraiment rencontré mon moi intérieur ?

Sur cette Route des chiffonniers, sous le regard d'Univers, peut-être même sous celui d'Emmanuel, saurai-je être enfin moi-même ?

***

Nous marchons à pas lents, prenant le temps de savourer chaque arbre, chaque fleur, chaque brin d'herbe. Comme si notre rythme paresseux pouvait, à lui seul, étirer les heures. Il faudra pourtant bien se quitter ce soir : Emmanuel a pris un gîte en marge de mon itinéraire. Quant à moi, j'ai repéré un pré à proximité du village du Mesnil-Drey, nous avons convenu que j'y passerai la nuit et qu'il m'y retrouverait au petit matin.

Dix-neuf heures sonnent à Folligny, comment avons-nous réussi à tarder autant le long de cette courte étape ? Un petit snack nous tend les bras, des chaises pour se poser, pas de repas à préparer... Juste ce dont je rêve en cet instant.

Univers semble soupirer en découvrant ce projet, mais il agrée de bonne grâce. Comment pourrais-je le remercier de sa patience ?

Tandis que nous attendons nos menus (un « frites-salade » pour Emmanuel, il avait raison !), la conversation s'engage sur nos enfances respectives. À l'écouter, la sienne paraît si douce et joyeuse. Au fil de ses interrogations, les accrocs de la mienne refont surface. Peu à peu, je prends conscience que le moindre détail a eu son importance. La moindre contrariété ou injustice a façonné celle que je suis aujourd'hui, avec ses doutes et ses malaises. Quelle responsabilité que d'être parent ! Est-ce pour ça, inconsciemment, que je ne me suis jamais projetée en tant que maman ? Avais-je connaissance, au fond de moi, de l'importance de ce rôle et de mon incapacité à l'assurer. J'ai si souvent déçu ma mère et mon père par mes maladresses, mes mensonges, mes caprices... Comment aurais-je pu ne pas décevoir d'éventuels enfants ?

Emmanuel me parle de son travail avec passion, de l'accueil bienveillant qu'il tente d'apporter aux fœtus puis aux bébés. Je les envie, quelle sérénité ils doivent trouver entre ses mains. Ses mains. Il les bouge beaucoup quand il parle, ses mouvements m'hypnotisent. Comme au premier jour sur le chemin des chiffonniers, je sens monter en moi d'étranges vibrations. Un courant à la fois chaud et froid me traverse de bas en haut et de haut en bas en même temps. Ma poitrine palpite, ma gorge semble s'ouvrir avec force et douceur à la fois. Je suis un oxymore à moi toute seule. C'est bon. Je voudrais que cet instant ne s'arrête jamais.

Le serveur brise la magie de ce moment en nous proposant un café. Je décline l'offre de peur de l'insomnie. Nous reprenons la route rapidement. Univers m'accueille d'un froncement de nez puis frotte sa lèvre supérieure sur le dos de ma main. Une bouffée d'amour m'assaille. Si on m'avait dit, quelques jours plus tôt, que cet âne me ferait un tel effet, j'aurais bien ri !

Environ un kilomètre plus loin, Emmanuel s'éloigne. J'avais peur de me sentir mal sans lui, mais ce n'est pas le cas. Je suis légère comme l'air. Je me promènerais sur la Lune que je ne me sentirais pas plus légère ! Mes pensées sont douces, uniquement centrées sur le mouvement de mon corps et sur mon environnement. Mon âme a intégré ce qui m'entoure, je suis *un*.

Très vite, je rejoins le pré de bivouac. Il y a un point d'eau courante, pas d'habitation alentour. C'est exactement ce qu'il me faut. Je m'occupe d'Univers avec beaucoup de plaisir. Ses yeux se plissent, le bien-être semble partagé. Après un dernier coup d'œil aux clôtures, je monte ma tente, finalise le gonflement de mon matelas...

Le soleil a disparu à l'horizon lorsque je me glisse dans mon sac de couchage. Je ne m'endors pas immédiatement, mais flotte une heure ou deux dans un état semi-conscient. La formidable puissance qui met mon corps en branle ne m'a pas quittée, je profite

Lorsque je m'éveille, il fait déjà très chaud sous la tente. La journée s'annonce torride. J'ouvre le zip et ce bruit m'enchante. C'est fou ce que l'on peut trouver de plaisir dans une telle bagatelle !

Emmanuel est là, assis au pied d'Univers, une main posée sur la joue de l'animal. Ils paraissent en pleine méditation. Je n'ai pas envie de les déranger, je prépare mon petit déjeuner sans bruit. Je n'ai pas idée de l'heure, mais le soleil est déjà haut. Pas un nuage ne glisse dans le ciel azur. La lumière crue renforce toutes les teintes de vert alentour. La campagne est belle.

Alors que je termine le pliage de ma tente, les hommes commencent à bouger, ils émergent de leur moment de relaxation. Leurs yeux sourient. Oui, oui, même ceux d'Univers !

— Bonjour, Amélie. As-tu passé une bonne nuit ?

J'acquiesce, lui retourne la question. Nous échangeons quelques banalités puis il se lève. Tout en caressant l'âne, il poursuit :

— Univers est une personne étonnante. Je l'apprécie énormément. Je ne suis pas favorable à l'utilisation des animaux, tu le sais bien, mais j'ai vraiment l'impression qu'il aime ce partage avec toi. C'est inattendu. Je suppose qu'il préférerait plus encore se tourner les sabots dans un pré mais... cela change un brin ma vision du monde, je crois. Merci.

Je ne sais plus quoi dire. Ce « merci » me gêne, il est bizarre. Concernant mon compagnon aux longues oreilles, je me suis posé la question plusieurs fois aussi. Je n'ai aucun moyen de lui demander son avis. C'est dommage, en fait. Si je pouvais avoir un échange verbal, ou au moins imagé, avec lui, j'en serais ravie. Je n'ai vraiment pas envie de le faire suer ; sa présence me plaît mais je n'ai finalement aucun désir de lui imposer quoi que ce soit.

Zut alors, je crois qu'Emmanuel est contagieux ! Me voici en train de considérer un animal comme une personne ! Mon prof de philo de terminale se marrerait bien. Je me souviens qu'il avait ricané quand une copine avait parlé de son chat qu'elle pensait capable de comprendre la mort. Il avait brandi Descartes et compagnie. Tout bien réfléchi, ses sources dataient un peu.

Ces pensées me donnent envie de me replonger dans l'éthologie. Ça me plaisait bien, cette matière, en fac de bio.

À peine en marche, Emmanuel a glissé sa main dans la mienne. Alors que ses doigts effleuraient les miens puis les saisissaient plus fermement, les vibrations qui m'emplissaient ont augmenté. Peu à peu, sous le soleil de Normandie, mille paillettes sont apparues partout autour de moi. *Il ne manque plus que des licornes roses !* n'a pu s'empêcher de balancer une petite voix sarcastique au fond de moi. Je l'ai laissée parler. Le monde entier m'a soudain paru plein. Chaque vide apparent est devenu énergie ; une énergie folle, puissante, omnipotente, incommensurable, délicate... Une énergie à la fois tout et rien.

En parlant de rien, je ne comprends plus rien. Je ne sais plus qui je suis, j'ai l'impression d'être l'univers entier à moi seule. En même temps, je me sens minuscule, une particule infinitésimale d'une immensité qui me dépasse.

Alors que nous arrivons sur une départementale, Emmanuel me propose un léger crochet : à quelques centaines de mètres de notre itinéraire se dresse, paraît-il, un if millénaire. Nous pourrons peut-être trouver quelques tables de pique-nique à proximité. Je me suis réveillée si tard qu'il est déjà l'heure de manger.

Lorsque nous arrivons dans le petit village de Saint-Ursin, plusieurs chiens nous accueillent de leurs aboiements. Ils courent et sautent avec bonne humeur et curiosité. Ils ont l'air de se parler : « Des étrangers, les gars, des étrangers ! » ; « Ils ont un âne avec eux ! » ; « Génial ! ».

Pfiou ! Je deviens à moitié zinzin à côtoyer Emmanuel. Voilà que je me mets à faire parler les animaux ! Heureusement que mes pensées restent secrètes, l'honneur est sauf.

Très vite, l'if nous apparaît. Il est immense, probablement une dizaine de mètres de circonférence. Alors que je l'observe avec attention, une sorte de brume sourd tout autour de lui. C'est vraiment étrange. Lorsque je tends la main vers cette singulière émanation, j'ai comme l'impression de traverser un champ de force.

Entre les racines adventives, le tronc forme une alcôve dans laquelle j'ai envie de me glisser. Je confie Univers au sage-femme pour mieux approcher cet arbre remarquable. Tandis que je me love dans l'espace légèrement sombre, les bruits alentour deviennent plus sourds, on dirait qu'ils sont filtrés par un liquide. J'entends comme un battement de cœur et des bulles qui gargouillent. Je ferme les yeux et mon cœur se gonfle. J'ai l'impression d'être dans l'attente d'un grand saut, un peu inquiète et confiante à la fois. Mon âme aspire à être aimée, sans raison, inconditionnellement. J'ai l'infinie certitude que je suis en pleine régression, je suis au creux du ventre de ma mère... Brusquement, un étau m'enserre. Non, pas maintenant ! Le moment n'est pas venu. Des douleurs intenses me broient, la peur m'emplit. Je ne suis pas prête ! J'ai mal, je panique mais ne parviens pas à bouger comme je le voudrais. Le temps s'étire... Et puis, soudain, c'est l'embellie. Une infinie douceur m'enlace. Des larmes incompréhensibles coulent alors sur mes joues. Je parviens enfin à ouvrir les paupières.

Emmanuel est là, il me sourit.

Je nage en plein délire ! Toutes ces expériences n'ont aucun sens, ce doit être un rêve. Je vais probablement me réveiller bientôt.

Emmanuel me tend la main et je m'en saisis.

C'est un rêve plein de tendresse, je ne veux plus jamais me réveiller.

À côté du parking de l'église, nous avons trouvé un lieu parfait pour notre repas. Univers broute paisiblement tandis que nous discutons en mangeant.

Je n'ose pas parler des sensations et des visions inexplicables qui m'assaillent encore. J'ai trop peur qu'il me pense folle à lier.

Un vieux souvenir enfoui remonte à la surface à cette évocation. J'étais toute petite et pépé était venu me rendre visite dans ma chambre, peu après le coucher. Il m'avait parlé du frère cadet de papa, décédé très jeune. Il avait déclaré: « Tu diras à ton père que je lui pardonne. Je sais et j'ai toujours su que ce n'était qu'un accident. Dis-lui que je suis navré d'avoir laissé entendre le contraire. ». Je n'avais pas compris le sens de ces paroles, mais au petit matin, j'avais transmis ces informations avec mes mots de fillette. Papa m'avait alors regardée, le visage empreint de peur. Il avait quitté la pièce sans un mot puis je l'avais entendu se disputer avec maman. Je ne me rappelle plus des termes de leur échange. Je suppose qu'il était question de psychiatre. Pépé nous avait quittés l'été précédent...

Avais-je eu d'autres expériences paranormales ? Était-ce le fruit de mon imagination ?

Se peut-il qu'il y ait quelque vérité dans ces réminiscences ?

Nous avons repris la route sitôt le repas terminé, sans prendre le temps d'une sieste. La route est douce sous mes semelles.

Après le lieu-dit « La Gistrardière », le bitume laisse place à un chemin de terre très pentu. Quelques grilles d'égout apparaissent dans la descente. Je prends garde à ce qu'Univers pose ses sabots à côté. Ensuite, nous pénétrons dans la forêt de la Lucerne.

Un vent léger s'est levé et les feuilles des hauts arbres bruissent autour et au-dessus de nous. Ce murmure enfle peu à peu. À chaque pas, le volume augmente. Il me semble discerner des mots et des rires dans ce bourdonnement devenu brouhaha.

Les chênes se penchent sur nous en plaisantant. Ils sont d'humeur joviale, presque taquine. Je me perds dans leur contemplation.

Soudain, j'ai comme l'impression de sortir de mon corps. Ma vision s'élargit à trois cent soixante degrés. Mon âme s'envole... Une grande crainte s'empare alors de moi. Avec violence, je réintègre mon enveloppe corporelle en une fraction de seconde. J'ai l'impression d'enfiler un gant trop étroit. C'est si petit, je suis gênée par tant de limites.

Emmanuel apparaît dans mon champ de vision, ses sourcils sont plissés dans une mimique soucieuse. Je suis étendue sur le sol.

— Tu as fait un malaise. Comment te sens-tu ?

Bizarre, folle, bonne pour l'HP...

Voilà comment je me sens en cet instant. Pourtant, pas un mot ne parvient à sortir de mes lèvres. J'ai la gorge sèche. Il doit s'en rendre compte car il me propose sa gourde. Je bois avec avidité, comme si je sortais d'une longue marche dans le désert saharien.

Autour de moi, les arbres sont redevenus statiques. Le vent est tombé, les chuintements avec lui. Suis-je en train de devenir schizophrène ? Un mal de tête point, il m'enveloppe le crâne et pulse au niveau du front. Je me sens terriblement mal, je ferme les paupières, des mandalas de couleur dansent devant mes yeux clos. Le rouge, d'abord omniprésent, laisse place à l'orange puis au jaune. Il mue à son tour et éclate de vert. Enfin, le bleu indigo m'envahit, il enfle et enfle, tourne au marine. Mon environnement explose alors de teintes et de nuances multiples. Je vois en même temps chaque arbre et chaque brin d'herbe, chaque animal depuis les plus infimes insectes jusqu'aux renards cachés au fond de leurs terriers. Je me sens être toutes ces créatures à la fois et pourtant, je suis plus incarnée que jamais. Mon corps n'a plus de limite, je touche l'univers dans son ensemble. Mon front résonne d'une vibration de plus en plus puissante, au loin, une lueur mauve apparaît… Puis ma conscience lâche.

✳✳✳

À mon réveil, une immense sérénité me gagne.

— *Elle a repris ses esprits !*

— *Tu y es allé un peu fort !*

— *Il fallait au moins ça !*

— *Allons, taisez-vous, elle en a eu assez pour aujourd'hui !*

Les voix qui résonnaient en moi cessent d'un coup. Je sens alors la main d'Emmanuel sur mon bras. Il est demeuré près de moi. Combien de temps ai-je perdu connaissance ? Pourquoi ? Les questions apparaissent dans mon esprit, mais filent sans que je les retienne. À quoi bon ?

Le sage-femme me sourit, toute inquiétude a déserté son visage. Lui aussi paraît calme et confiant.

Après quelques minutes, il brise le silence :

— Te sens-tu prête à repartir ? Il est déjà tard, j'ai appelé mon gîte pour annuler ma venue. Je crois que nous allons devoir bivouaquer dans la forêt. J'ai repéré un terrain autorisé sur ta carte, mais il faut encore parcourir trois petits kilomètres.

Un oiseau se met à pépier au-dessus de nous. Je me sens à la fois lasse et pleine d'énergie. J'ai les jambes en coton et j'hésite à me lever.

Sans un mot, je me mets à genoux – c'est bon, la tête ne me tourne plus – puis me dresse. Le monde tangue quand même un court instant avant de se stabiliser.

— Ça va aller, je crois.

Il détache Univers qui vient poser son nez contre mon épaule. Je souris. Oui, ça va aller, vraiment. Je fais un pas, puis un autre. Chacun m'allège d'un fardeau invisible.

Qu'ai-je encore lâché aujourd'hui ?

Ai-je vraiment envie et besoin de le savoir avec

précision ?

À la sortie de la forêt, nous admirons l'abbaye de la Lucerne. Le peu que nous en voyons me donne envie de la visiter. J'aperçois un aqueduc, je serais curieuse d'en savoir plus.

Pour rejoindre le petit terrain où je peux bivouaquer, nous devons passer devant l'entrée du monument. 10 h-12 h ; 14 h-18 h 30. Beaucoup trop tard pour ce soir. Quant à demain... C'est un autre jour, nous verrons !

La route serpente un peu, un pont enjambe le Thar, puis nous empruntons un sentier magnifique sur notre droite. Le tintement de l'eau sur les rochers nous accompagne. C'est beau.

À proximité d'une ruine et du cours d'eau, nous découvrons notre terrain de campement.

Le partage des tâches se fait tout seul : pendant que je m'occupe de l'âne, Emmanuel monte la tente puis sort le réchaud. Lorsque je m'assois près de lui, il entame la préparation du repas. Avec nos quelques réserves, il m'assure qu'il pourra réaliser un menu correct à défaut de gourmet. Je lui fais confiance, j'ai déjà vu de quoi il était capable dans ce domaine.

Nous restons silencieux, je savoure ce moment passé en sa présence. Est-ce également le cas pour lui ? Quelques doutes tentent de s'insinuer en moi, mais ils glissent comme de l'eau sur les plumes d'un canard. Ces pensées inquiètes ne m'appartiennent plus, je n'ai plus besoin de les retenir.

Tout en mangeant, il me raconte ses voyages sur les cinq continents. Pour chacun, il m'explique comme il en est ressorti grandi, comme son regard sur le monde a changé, forgeant peu à peu l'homme qu'il est aujourd'hui. Une partie de moi l'envie, mais en même temps, à quoi bon ?

Nos gamelles sont vides depuis longtemps maintenant. Un silence gêné s'est installé. Nous voici plantés l'un contre l'autre, tels deux ados maladroits. J'aimerais faire le premier pas, lui sauter dessus, arracher sa chemisette...
mais je suis une femme.
Allons bon, au diable la bienséance ! Au feu, les principes vieux jeu !
Je me tourne vers lui et l'embrasse avec fougue. Il répond à ce baiser avec une certaine sagesse, trop ! Cela ne me convient pas, plus. J'en veux davantage maintenant. Ma main droite cherche les boutons de son haut, la gauche caresse la courbure de sa nuque. Son torse m'apparaît à la lueur de la lampe torche. Il est doux sous mes doigts. Une bouffée d'émotion m'envahit. De l'amour ? Déjà ? Ou simplement du désir ?

Devant mon empressement, il se montre plus audacieux, enfin.

Je ne pense plus. Je vis le moment.

Je me réveille avant lui. Ses bras m'enserrent encore. J'ai la main gauche ankylosée, la jambe droite un peu tordue et le cou en vrac, mais je ne me suis jamais sentie aussi bien que dans ces bras-là.

Cette nuit de tendresse, de passion, d'échange, de respect, de ferveur... Cette nuit de tout, de nous, je veux la garder en mémoire, la revivre à l'infini.

Et maintenant ?

Un petit mouvement dans mon dos. Dans un demi-sommeil, ses doigts se mettent en marche. Ils caressent mon épaule d'un geste doux. Je me retourne malgré l'étroitesse de la tente et me plonge dans ses yeux émeraude. Il me sourit, cherche mes lèvres. Nul besoin de mots.

Nous restons longuement enlacés, repus l'un de l'autre. C'est Univers qui brise ce moment d'un braiment strident. Nous éclatons de rire dans un même souffle.

— Je crois qu'il est temps de se lever ! dis-je.

Ce matin, seuls trois kilomètres nous rassemblent puis il faudra nous quitter. Provisoirement du moins, nos chemins étaient faits pour se croiser et ils se croiseront encore. Nous deux, c'est une évidence.

C'est.

***

Emmanuel a continué tout droit après « La Coquetière », j'ai pris à droite pour ma part. Je ne suis pas seule, Univers marche paisiblement à mon côté. C'est bon aussi de retrouver mon intimité avec lui.

J'ai posé ma main sur son encolure et il a glissé un regard empreint de sagesse vers moi. Cet âne est plus qu'un animal, il porte en lui un savoir insondable. Ce savoir, au fil de la Route des chiffonniers, il a su me le distiller. À chaque pas, j'ai grandi et je grandis encore. Encore une dizaine de kilomètres et la côte sera là. Le bout du monde, l'ouverture vers l'horizon.

À la sortie du village de Saint-Pierre-Langers, un portail blanc et un haut mur de pierre cachent un château invisible. Aussitôt, j'imagine une foultitude d'aventures dans ce lieu mystérieux. Quel plaisir de laisser libre cours à sa créativité !

Très vite, une départementale fort fréquentée, où les voitures roulent à grande vitesse, nous barre la route. Je dois, pour un temps, laisser de côté mes pensées oniriques. Nous parvenons à la couper en trottinant. Mes bagages ballottent dans un bruit de casserole. J'espère que ce n'est pas trop rude pour le dos de mon compagnon. Ouf, nous voici de l'autre côté !

Lorsque nous retrouvons enfin un sentier, il se révèle large et carrossable, bien loin des chemins sauvages et vallonnés des premiers jours. Une douce nostalgie m'enveloppe, sans douleur ni tristesse, plutôt la promesse d'une nouvelle rencontre.

Brusquement, j'ai l'envie de faire une pause. Je n'ai pas encore faim pourtant. Je suis à la croisée de plusieurs chemins. Quelques grosses pierres enserrent le sentier que je dois emprunter ensuite. Elles seront parfaites pour pique-niquer tout à l'heure. Les talus bien fournis feront quant à eux le régal d'Univers. Rapidement, j'installe l'âne et ôte les sacoches sans retirer le bât. Avec empressement, l'âne fourre son nez froncé dans les hautes herbes. Lorsqu'il est question de nourriture, toute dignité déserte mon compagnon en sabots !

Je m'assois avec plaisir contre la roche, j'avais besoin de cet arrêt. Je vois le bout de ma carte qui arrive un peu trop vite. Quelque part, j'ai peur d'arriver à la fin de cette Route des chiffonniers. Peur que la magie cesse d'opérer, peur de redevenir cette femme pétrie de doutes, cette femme accro aux anxiolytiques. Ce n'est que maintenant, d'ailleurs, que je me rends compte que je n'en ai pas pris depuis longtemps. Je n'y ai même pas pensé.

Quittant le présent, mon esprit fait un bond dans le futur proche : ce soir, je dormirai au centre équestre de Kairon, mais avant, j'irai jusqu'à la plage. Je veux voir le soleil se coucher sur la mer, assise sur le sable, Univers à mes côtés.

L'avenir s'éloigne et laisse place au passé. J'ai maintenant besoin d'un court temps pour revivre mes sept derniers jours. Tout est passé si vite et si lentement à la fois.

Je revois cette quadra désabusée arriver chez Noémie. Je l'observe, sans jugement. Ses craintes, son immobilisme, son indifférence, sa tristesse… Était-ce vraiment moi ? J'ai une telle soif de vie en cet instant, un tel enthousiasme pour chaque seconde expérimentée. Je pourrais croire que c'est simplement l'effet de mon amourette avec Emmanuel, mais c'est plus que cela. Je ressens un réel changement. J'ai laissé le long de cette route mille blessures plus ou moins conscientes. J'ai abandonné des douleurs devenues inutiles. Je suis à présent nettoyée, légère, ouverte. Je me découvre comme nue, j'ai renoncé à toutes les couches enfilées depuis ma naissance : les portes fermées par mon éducation, les constructions mentales forgées par la culture dans laquelle j'ai grandi, les armures censées me protéger des autres… J'ai retrouvé mon enfant intérieur, dans toute son innocence, dans toute sa spontanéité. Je suis moi, enfin.

Je repense à mes vécus étranges de la veille : l'if, les arbres de la forêt... Quelle part de vérité dans ces folles sensations ? Aujourd'hui encore, je porte en mon sein cette unicité alors expérimentée. J'ai l'intime conviction qu'elle ne me quittera plus. Je suis connectée à un tout plus vaste : les humains qui m'entourent, les animaux, la nature, la planète entière même.

Et plus loin ?

Pour l'heure, mon estomac se met à gargouiller. Je suis comme mon âne au final. La faim me rappelle durement à de plus basses considérations.

****

Je suis repartie sans prendre le temps d'une sieste. J'ai envie de monter assez tôt mon campement au centre équestre puis de repartir avec Univers sans bât, juste en licol, pour que nous puissions pique-niquer ensemble sur la plage. Si mes renseignements sont corrects, je pourrai fouler le sable avec mon âne après 20 h. Avant cet horaire, il est réservé aux humains.

Cet après-midi, mon itinéraire rencontre quelques légers dénivelés, mais c'est de la rigolade après le Val d'Enfer ! Je n'ai aucune courbature, mon corps est aussi aérien que mon esprit.

Je marche.

Tout est simple.

Tout est parfait.

Le centre équestre apparaît rapidement. La journée a passé comme un souffle. Je suis accueillie avec chaleur puis installe mon campement dans une grande fluidité. J'ai l'impression d'avoir réalisé ces gestes toute ma vie. J'ai peine à croire que je n'avais jamais côtoyé un âne une semaine plus tôt. À chaque mouvement, une impression de déjà-vu m'envahit. Un déjà-vu ancien, très ancien, trop pour être honnête... Des images d'un autre temps. Je me vois tour à tour femme puis homme. Je me souviens de pays inconnus. Ces vies d'autrefois me reviennent le temps d'une seconde puis disparaissent à nouveau.

Voilà que j'expérimente des vies antérieures ! Je vais finir bouddhiste avec toutes ces histoires !

Dans mon sac à dos, je glisse ma nourriture et celle d'Univers. À mon tour de porter pour lui. C'est la moindre des choses.

À peine deux kilomètres nous séparent du

littoral. Ils sont vite parcourus.

Plus qu'une route à traverser.

Derrière, un parking. Puis des dunes.

Mes pieds s'enfoncent enfin dans le sable. Devant nous, le Thar serpente puis se jette dans la mer. Sur notre droite, quelques maisons nous dominent du haut de leur falaise. Une blanche, une rouge... Derrière, au loin, Granville se dessine à travers la brume d'une fin de journée ensoleillée.

Je me laisse tomber plus que je ne m'assois sur cette plage encore chaude. Univers lâche un soupir de plaisir. Que peut-il bien ressentir en cet instant ?

En attendant que le soleil se couche, je sers notre repas.

Je suis au bout du bout, ce soir. Ma route s'achève.

Et après ? Que vais-je découvrir ? Où vais-je aller ?

Le Mont-Saint-Michel, Saint-Malo... J'ai soif de découvertes encore. Je vais poursuivre un peu ce périple. En stop, peut-être ? Je l'ignore pour le moment.

Tout ce que je sais, c'est que j'ai rendez-vous avec Emmanuel samedi 11 juillet, dans une semaine, à Dinan... D'ici cette date, tout est encore possible.

Alors que je suis là, comme je le souhaitais,

posée sur le sable aux côtés de mon meilleur ami, ce confident patient, cette oreille attentive et douce, le soleil descend lentement sur la mer.

Peu à peu, elle le happe, l'engloutit. Le disque pur et rougeoyant fusionne avec l'onde infinie. Encore un peu... Une fraction de seconde, un rayon vert, vif et puissant, porteur de tous les possibles.

Je suis.

REMERCIEMENTS

À Caroline du Pays de la baie du Mont-Saint-Michel pour ses informations au sujet de la Route des chiffonniers.

À Anaïs pour tous les renseignements concernant l'enseignement de la SVT au collège.

À Jean-Claude pour son aide au sujet du métier de sage-femme libéral à domicile ainsi qu'à Sophie, Christophe et Jeanne, « mes » sages-femmes.

À mes fidèles bêta-lectrices : Oxygène et Ellen, merci pour votre soutien !

À Françoise, de Sans Coquille, qui a une fois de plus relu mon travail.

À mes deux hommes qui acceptent – parfois – de me laisser rêver devant l'écran de mon ordinateur.

Un grand merci également à tous mes compagnons non humains pour leur pédagogie sans faille et leur amour inconditionnel.

Enfin, merci malgré tout à Ehlers-Danlos, dont les enseignements durs et douloureux ont permis de changer mon monde.

La Route des Chiffonniers est un itinéraire qui existe réellement ! Il fait revivre les routes empruntées par les chiffonniers pour acheminer les chutes de voiles et de tissus depuis les ports vers les moulins de la vallée de la Sée où elles étaient transformées en papier.

Vous pouvez le retrouver à l'adresse suivante :
http://www.baie-montsaintmichel.fr/la-route-des-chiffonniers

Cet ouvrage a été imprimé via CreateSpace
Première publication 2016
Dépôt légal : deuxième trimestre 2018